U0938272

甘榜

劉以鬯 著

獲益出版事業有限公司

甘榜（獲益文叢）

著　　者：劉以鬯
封面設計：劉以鬯
校　　對：丘安盛
主　　編：黃東濤（東瑞）
督 印 人：蔡瑞芬
出　　版：獲益出版事業有限公司
九龍土瓜灣道94號美華工業中心B座6樓10室
HOLDERY PUBLISHING ENTERPRISES LTD.
Unit 10, 6/F Block B, Merit Industrial Centre,
94 To Kwa Wan Road, Kowloon. H.K.
Tel : 2368 0632　　Fax : 2765 8391
印　　刷：華昌印刷廠有限公司
版　　次：二〇一〇年六月初版
二〇一〇年十月再版
國際書號：ISBN : 978-962-449-519-5

作者簡介

原名劉同繹，字昌年，一九一八年十二月七日生，祖籍浙江鎮海。四一年上海聖約翰大學畢業，曾在重慶、上海、香港、新加坡、馬來西亞等地任報紙、雜誌編輯、主編。一九九四年為香港臨時市政局「作家留駐計劃」第一任作家。一九八五年一月至二○○○年六月，任《香港文學》月刊總編輯。一九三六年開始發表作品，主要作品有《酒徒》、《寺內》、《對倒》、《打錯了》、《天堂與地獄》、《島與半島》、《他有一把鋒利的小刀》、《短綆集》、《見蝦集》、《劉以鬯實驗小說》、《龍鬚糖與熱蔗》、《端木蕻良論》、《他的夢和他的夢》、《打錯了》、《甘榜》等。《劉以鬯中篇小說選》為第四屆香港中文文學雙年獎小說組獲獎作品；《對倒》為第六屆香港中文文學雙年獎小說組推薦作品；《酒徒》入選北京出版的《百年百種優秀中國文學圖書》、《亞洲周刊》評選的「二十世紀中文小說一百強」與《香港筆薈》評選的「二十世紀香港小說百強」。二○○一年，獲香港特別行政區政府頒授榮譽勳章。二○一○年獲選為香港書展第一屆「年度作家」。

▲ 香港公開大學人文社會科學院譚國根院長（中）向劉以鬯（左）贈送該校學生甄慧棋（右）的畫作。

▲ 攝於榮譽教授劉以鬯頒授典禮上，左起：黃勁輝、也斯、譚國根、劉以鬯、羅佩雲伉儷。

▲ 賀劉以鬯老師九十壽辰。左起：張詠梅、馮珍今、劉以鬯伉儷、小思、樊善標、熊志琴。

▲ 劉以鬯、羅佩雲伉儷（坐者）攝於獲益負責人蔡瑞芬（左上）、黃東濤（東瑞，右上）家中（2010年2月20日）。

序

·東瑞

本書的出版，正值劉以鬯先生被選為香港書展第一屆年度作家，而剛剛獲頒香港公開大學名譽教授的時候。回朔到二〇〇一年，他已獲頒香港特區政府的榮譽勳章。這都是實至名歸的、令人興奮的好事。香港書展已舉辦很多屆，首次創辦「年度作家」的計劃和活動，邀請海內外有關者評介劉先生、在香港書展介紹劉先生的文學成就和對文學的貢獻，正合其時，頗為必要，因為劉先生正是香港的驕傲，他本人傑出的文學成就、對香港文學的傑出貢獻以及對海內外所產生的深遠影響，都是一種奇跡，給香港文壇帶來無限希望和信心；他被頒「名譽教授」，也恰如其分，畢竟劉先生有那麼豐實的文學創作，不像一些人只是一種虛銜而已；他那好幾部經典代表作（比如《酒徒》、《對倒》等），可以說都是至少目前為止暫且不能超越的一座座高山。可惜，文壇曾兩度推薦他應獲頒「終身藝術成就獎」，居然都沒有下文。這當然不是一種疏忽，也不能諉於客觀，而應說是缺乏文學的識見。在香港和海內外純文學界早就公認他的成就的時候，這不能不說是一種遺憾。

當然，他應享有終身藝術成就獎。這只是時間的遲早而已。僅論創作年齡，他從十七歲開始創作，迄今已達七十五年之久。文壇鮮有幾人情況相似。

在文學界，我們不難見到一些只顧自己寫作、追求發表率、知名度、一旦手中有權就假公濟私、搞交換、交易的情形。有時，箇中內情的披露，真是令人震驚，難免令人大大失望。在一些負面情況之外，我們不能不欣賞、欽佩和崇敬劉以鬯先生。無論是辦報還是辦刊，他都關注社會和文壇的發展，而從不將自己搞文學視為私人行為，十分明白一個人影響力的能大能小。因此，他為人、做事、創作都堪稱典範。尤其是在文壇上，他胸襟開闊，識見卓越，目光長遠，至今仍為海內外和香港的朋友所津津樂道。

胸襟開闊，他主持《香港文學》時，努力地將香港以外的世界華文文學一起推動，經常組織各國華文文學專輯，發表香港以外華文作家的作品，給處境艱難的東南亞華文文學和作家一份溫暖的支持。在被一些人責難刊物「不夠香港」

時，他始終堅持，毫不動搖。而今，事實證明，唯有將文學視為沒有國境線的藝術，才是正確的觀念。連對他頗有微言的，也不能不仿傚他這種做法了。世界華文文學，正朝整體化發展。

識見卓越，那是指他對新秀、後進的發掘和鼓勵。常在自己主編的報紙副刊、雜誌上刊登剛踏入文壇的作者的作品。只要文章中有一點閃光之處，他都熱心地發表。他對作者的作品，那怕不太成熟，也從不挑剔，從不大幅度刪節，從不藉故稿擠退稿。最不喜歡的只是作品涉及太濃的政治，最不能容忍的是一稿兩投或多投。尚作品不用，也一定誠懇直率地與作者說。從七十年代末，我就一直得到劉先生的鼓勵，否則難於堅持到今天，仍在創作。

目光放遠，是指劉先生從不為自己盤算。當年，他創辦《香港文學》初期，為將更多精力和時間放在辦刊上，推辭和放棄了很多報紙上的專欄（比如「成報」的連載小說欄，他就推薦我寫）。在他目光中，辦一份文學雜誌，意義較之個人的創作大得多了。這種在工商業社會誠心盡力地為文學園地的爭取，和那類欲借掌握發表權而謀個人更多名利的現象，其中的心態、理念和境界，可謂有着天地之別。至於劉先生編輯方面的「認稿不認人」原則，更是早已有口皆碑，為許多人所稱道。

這麼出色、罕見的文學刊物主編，本該讓他繼續發揮才華，難於想像的竟是主持了十五年且已見成績累累時，莫名其妙地被迫退了下來。須知劉先生主編創刊號時，早已年逾六十。不要說辦了十五年之後的一九九九年他無病無恙，迄今，他仍是每天要行走兩小時，身體仍是那麼健康。甚麼叫着年事已高而退休呢？大約十年前，我們《青果》雜誌訪問過他，是否還有興趣編一本雜誌？他的回答是肯定的。二〇〇九年在香港公開大學頒授「名譽教授」給他，他在與學生交流時，猶興致勃勃地談到正在構思一篇小說。談到有趣的話題，他那自然流露的一臉童真般的笑容，任誰都記憶猶新、印象殊深。誰又會相信十餘年前他就想退休呢？

那時，劉以鬯心情失落了好幾個月（詳見《對倒》自序）。瑞芬對我說，我們約劉以鬯、羅佩雲夫婦見面，為劉先生出三本書吧！劉先生很高興。就這樣，十年間，我們陸陸續續為劉先生出了很多書。如果以二〇〇〇年為界，此前，獲益出了劉先生的《島與半島》、《黑色裏的白色 白色裏的黑色》、《他有一把鋒利的小刀》以及評論集《〈酒徒〉評論選集》；二〇〇〇年之後，獲益先後出了劉先生的《對倒》足本、《打錯了》（微型小說集）、《不是詩的詩》（小說、散文、劇本、評論合集）、《酒徒》、《暢談香港文學》（評論、隨筆合集）、《模型・郵票・陶瓷》（小說集）、《天堂與地獄》（小說集）。可以說，劉以鬯最重要的好幾部作品，都由我和瑞芬一起主持的獲益出版事業有限公司出版了。這兒不能不提瑞芬，她對老作家劉先生，比諸我更有一份細心的關懷，好幾次出書建議都是她率先提出來。尤其是《天堂與地獄》和《甘榜》的出版更是如此。

我們真是十分感激劉以鬯先生的首肯和信任，將書稿交給我們出版。獲益不過是一家小小的出版公司，名家加陣，無異於對我們艱難的出版事業是一種極大的精神支持。在劉先生著作影響力日益廣泛和深遠的今天，各家出版社都在爭奪名家稿件，劉先生要出書已不太難。令我們感動的是到今天我們依舊能獲得劉先生夫婦倆的信任和支持，繼續出版這一本全部小說首次入集的新書《甘榜》。

另一個叫我們萬分感動的事，是從二〇〇〇年起，他才有空整理自己的作品，一部部地出版。從一九八四年至一九九九年，他的時間和精力全放在將《香港文學》編好之上。謙虛、為公而無私的他，首先是為香港文壇服務，首先是為推動華文文學盡心盡力，而將個人著作之出版放在了次位。如果我們聯想到他以驚人的魄力編成了浩浩厚冊《香港文學作家傳略》、《香港短篇小說百年精華》以及以卓見慧識主編了許多重要選集，不能不對他肅然起敬；也很感謝劉太，在劉先生著作的出版方面，始終扮演了十分重要的積極協助的角色。

《甘榜》共收十三篇小說。三四十年代發表於內地報刊的歷史小說《迷樓》、《北京城的最後一章》、五十年代、六十年代、七十年代發表於如今早已停刊的香港報紙雜誌的小說，都首次以書的形式與讀者見面。濃郁的生活氣息固然有助於讓人了解已消逝的年代和社會；語言的精煉，形式的創新，更體現其文學價值的珍貴。《土橋頭》的異國色彩，《甘榜》的淒美感傷，以及《烤鴨》、《霧裏街燈》等篇的不俗技巧，都叫人深感劉以鬯先生那「好的小說，一定要有新意」的名句，在他七十餘年的創作生涯中確是貫徹始終的。他對文學藝術的虔誠、努力遠非近年始，堪稱堅持了大半輩子。《北京城的最後一章》寫兩面派袁世凱帝夢的破碎，結構緊湊，文字古雅，備顯劉先生豐厚的史識。限於篇幅，拙序對本書只是拋磚引玉，略提一二，詳細的評論就等研究家來做吧！

劉先生的小說我很喜歡，不時在學校向同學們推薦。因為劉先生的創新技巧，以及他那深入淺出的文字，他的作品讀者不再限於年長的純文學愛好者，連大、中學生也喜讀他的小說，崇敬和崇拜他，讓人感到十分欣慰。

《甘榜》確是一本精采的好書。既好讀，又富有文學價值。讀了不會沒有所得。

二〇一〇年三月十六日

目錄

土橋頭

——烏九與蝦姑的故事

土橋頭有個三輪車夫，名叫「烏九」。

烏九並不姓烏，更非排行第九。七八年前，他揹一隻包袱，從唐山來到星加坡。別人問他：「你叫甚麼名字？」他微蹙眉尖：「我沒有名字。」別人再問他：「你姓甚麼？」他也搖搖頭，支支吾吾地說了一大堆，完全答非所問。別人詫異了：「怎麼連個姓都沒有？你老爸姓甚麼？」他搔搔頭皮：「老早死了。」別人又問：「那麼你的老母呢？」他感喟地歎一口氣：「也死了。」於是別人無可奈何地對他上下端詳，見他膚色黧黑，便順口按個花名，叫做「亞烏」。星加坡的華僑以閩籍居多，通常稱「黑」為「烏」，把不羼牛奶的咖啡稱作「咾呸烏」；把黑啤酒稱作「烏啤」，所以把膚色黧黑的朋友也常常稱作「烏甚麼，烏甚麼」的。後來車館的頭家娘（註一）鑒於「亞烏」的名字太普遍，動了一陣子腦筋，將他改稱「烏狗」，以資區別。又過了些日子，烏九覺得「狗」字太俗，且不易書寫，更因為星加坡實施緊急法令，在領取身份證時，索性把「狗」字改作「九」，既雅緻，又易寫，好在用福建音唸起來，「九」「狗」同音，張嘴喚叫，並無分別。

烏九今年二十來歲，體格強健，一直幹踏車營生，長年住在「車館」的宿舍裏，單身單口，賺一占吃一占，日子過得頗合板眼，雖然有點含糊，倒也平平穩穩。

車館位於「梧槽運河」北邊，離開土橋頭僅數十步之遙，是一幢敗頹的三層舊樓，樓梯皆無扶手欄桿，上上落落，都以粗蔴繩代替。三樓出租給有家眷的「估俚們」（註二），一排八九間，說得好聽些有點像「窮人公寓」，其實人口稠密，零亂骯髒，由於地方狹小，大家不得不在騎樓煮飯，因此整天瀰漫着氤氳的煙靄，變成了三姑六婆的「吵嘴廳」。二樓則是車夫宿舍，住的全是單身寡佬，每一間房都擺滿木板舖位，兩張條凳，舖上一塊木板，四尺寬，六尺長，車夫們管叫它做「貴里舖」。一個舖位睡兩個人，租費低廉，每人月收叻幣三元。凡長期居住的車夫們，總在舖板底下放一隻「廣恆煙絲箱」，配一把銅鎖，把衣服雜物等全部放在裏面，當作皮箱用。

烏九也有煙絲箱，那是今年年初「鴉片仙」讓給他的。「鴉片仙」與他同舖，患咳嗆病，瘦得祗剩皮包骨，過年時，突然吐了幾口血，踏不動車子，祇好將煙絲箱出讓，贖些草藥來吃。為了這隻煙絲箱，大家都說烏九發達了。有人還親眼看見烏九用手指蘸了唾沫在點算鈔票，於是消息開始在舖裏兜圈子，一傳十，十傳百，像窩風，擋也擋不住。頭家娘幾次三番叫他放款，他不放。同伴們幾次三番邀他賭「福建四色牌」，他不賭。「鴉片仙」幾次三番向他借錢贖藥，他不借。他的回答永遠是一句：「我哪裏會有錢？」

有一天，烏九踏車回館，交了班，提着毛巾短褲去沖涼。「鴉片仙」又病倒了，躺在貴里舖上，大咳大嗆。要吃藥，沒有錢。向烏九借，烏九說：「印度人有的是『則知鐳』（註三）。」「鴉片仙」噙着眼淚哀求：「印度人的錢，借不得。你借些給我罷？」烏九愛理不理地又是這麼一句：「我哪裏會有錢？」「鴉片仙」一氣，翻身下牀。烏九問他：「到甚麼地方去？」他答：「踏車！」烏九勸他不要去，他說：「不掙些錢回來，病怎麼會好？」說罷，一蹶一顛地走向房門，邊走邊咳，吐了一口血痰在地板上，也祇是用拖鞋抹了兩下。

烏九綴綴眉，心像上了鎖，很納悶。於是從繫在屋角的晾繩上取下汗背心，往身上一套，大踏步走下樓去。頭家娘問他：「嗨！去哪裏？是不是到熟食檔去吃飯？」他答：「河邊聽講古。」頭家娘搔頭弄姿地叫起來：「等一等，我也去。」但是烏九沒有等。

頭家娘名叫「扁啊」，今天打扮得特別花枝招展，穿一襲娘惹裝：上身是薄紗的甲峇耶，下身是五彩的紗籠，遠遠望過去，很像潮州班的當家花旦；然而一走近，那滿臉的麻點，再加上四十出頭的年紀，就甚麼興致都提不起來了。

車館裏的男女老少，個個都怕扁啊，只有烏九不怕。扁啊脾氣壞，處事單憑直覺，忽喜，忽怒，大概是因為丈夫死得太早。唯其丈夫早死，所以情感無處安放，想找個男人，卻又怕人家講閒話。沒有辦法，祇好不走正路。

現在正是不走正路的時候，沿着運河，亦步亦趨，眼見烏九往講古攤的肥皂箱上一坐，自己也就不聲不響地坐在他旁邊。天色已暗，講古佬劃燃火柴，先將美孚油燈點上，然後攤開一本繡像《精忠岳傳》，像煞有介事地飲口茶水，掃清喉嚨，第一句便是「岳飛槍挑小梁王」。

烏九平時無娛樂，聽講古，僅花五占錢，雖不如電影或大戲，倒也悠閒自在。扁啊則不同，跑慣了遊藝場，看慣潮州班，對這單調的講古，當然不感興趣。

「到快樂世界去看香港歌舞團？」她問。

回答是：「門票太貴。」

「有脫衣舞，很肉感？」她問。

回答是：「不想看。」

「那末，你要到甚麼地方去？」她再問。

回答是：「甚麼地方都不要去。」

扁啊很氣，嘴唇直哆嗦，開了口，卻說不出話。烏九臉上裝得蠻鎮定，祇管凝神諦聽，不加理睬。這時候，後街賴亞豬的兒子吉寧奔來了，氣咻咻地對烏九說：「快來！快來！姐姐要被爸爸打死了！」烏九忙不迭地站起身，拉着吉寧便跑。扁啊氣得直冒火，狠狠啐了一口唾沫。

賴亞豬住在「劏豬廊」（註四）的「鴿籠」裏，一家三口，女兒今年十六歲，叫「蝦姑」，在街邊樓梯口擺香煙攤；兒子今年十歲，叫「吉寧」，還沒有上學去讀書。亞豬曾在「新福興車館」租車營生，因酗酒嗜賭，且體質孱弱，終於變成所謂「無業遊民」。烏九沒有親朋，平日較有來往的也祇有賴家；過年過節，烏九必有禮到。賴家有事，勿論大小，亦照例參加意見。以目前這件事來說：亞豬在賭館裏輸了一場牌九，付不出房租；還不清大嘴林的債，無可奈何，便把悶氣出在兒女頭上。

「你自己輸了錢，」烏九據理力爭：「怪不得蝦姑嘛。」

蝦姑兩隻大眼睛，對着烏九直發楞，剛闔上眼皮，兩顆眼淚便從眼角滾了下來。

亞豬說：「房租付不出，大嘴林又叫狗屎來追債，家裏一粒米都沒有，但是她不肯到牛車水（註五）去做『五塊六』！（註六）」

「你真是越老越糊塗了，怎麼可以叫自己的女兒去當『五塊六』呢？」

烏九的話，一個字像一枚釘，扔在亞豬的心嵌裏，又刺又痛。亞豬看見蝦姑在哭，他也哭了。吉寧看見爸爸在哭，他也哭了。烏九看見賴家全在哭，他也流了眼淚。整個小板房充滿陰慘慘的空氣。

沉默大半天，還是烏九提出主意。「不必去當『五塊六』，」他說，「蝦姑學過蝴蝶琴，晚上可以到『南天巴剎』（註七）去賣白欖（註八）。」

「主意不錯，可是沒有錢買蝴蝶琴。」亞豬說。

這一次，烏九竟例外地沒有說出：「我哪裏會有錢？」他似乎還有情感。

第二天早晨，他踏着三輪車，經過香煙攤時，隨手取一枝「虎頭牌」，點上火，深深吸一口，便掏出一卷「老虎紙」（註九），塞在蝦姑手裏。蝦姑不敢接，他也張口結舌地說不上甚麼來，最後還是說一聲「幹你老母」（註十），跳上三輪車，飛一般向大坡踏去。蝦姑拿着鈔票發呆，想不通烏九為甚麼要罵人。

其實烏九是個粗人，肚裏沒有墨水，字彙少，像「幹你老母」這種罵人的口頭禪，對烏九而言，不僅用處大；抑且含義廣。譬如說：烏九曾經在水仙門攬到一個美國兵，兜個小圈子，竟拿到了五塊錢，他就用「幹你老母」來表示喜悅。譬如說：烏九曾經在「萊佛士坊」，因為走錯路線，給「馬打」（註十一）抄了車牌，他就用「幹你老母」來表示憤慨。譬如說：烏九曾經被「扁啊」稱作最茁壯的男人，他怕羞了，就用「幹你老母」來表示得意。譬如說：烏九曾經在工展的時候，因為人擠，無意中碰到一個馬來姑娘的高胸脯，他就用「幹你老母」來表示佔了便宜。……諸如此類，例子極多。蝦姑究竟還天真，對於烏九的心思，全不明白。

烏九將歷年的積蓄交給賴家後，心裏很舒服，晚上常常在夢中見到蝦姑微笑。

但是在現實環境裏，蝦姑難得有笑容。首先，他們發現賴亞豬並沒有拿錢去買蝴蝶琴。追究根源，才知道亞豬在賭館裏輸了一副牌。就在那天晚上，烏九在街上踏車，見到亞豬躺在雨中，以為他喝了幾杯酒；結果是病倒了。蝦姑見狀，鼻一酸，眼淚滾出眼眶。烏九勸她不要哭，她還說是：「砂粒掉在眼睛裏。」

烏九很後悔，並不後悔自己將積蓄送給賴家，而是後悔自己將積蓄送給賴家，仍無法購買蝴蝶琴。看看躺在牀上呻吟的亞豬，又惱又恨，又覺得他可憐。心忖：「應該找個唐醫把把脈。」正這樣想時，有人敲門，是狗屎。亞豬問他：「有甚麼事嗎？」狗屎咧着嘴，說是大嘴林的吩咐，不敢不來。亞豬大怒，說話失去分寸，於是你一句，我一句，越說越難聽：

亞豬說：「你不要狗仗人勢，見山就拜，見蟻就踩。」

狗屎說：「大嘴林輕易不動肝火，祇要蝦姑肯……」

亞豬說：「狗屎，你不要胡說八道！」

狗屎說：「亞豬，大家打開天窗說亮話，別捲着舌頭繞圈，你欠大嘴林這條數，期限早過，有字據在他手裏，不要是看在蝦姑份上，你早就押進『打限房』(註十二)吃烏頭飯了(註十三)！」

亞豬說：「這條數與蝦姑有甚麼相干？」

狗屎說：「債是你背的，與蝦姑當然沒有相干。不過，你眼前也吃不到頭路（註十四），手上又緊，欠大嘴的錢，賴是賴不掉的。你儘管去小坡大坡(註十五)打聽一下，誰不認識大嘴林，有錢，有勢，要是惹他動了肝火，萬一抓破臉，大家都沒有好處。」

亞豬說：「放屁！你給我滾！」

狗屎說：「小心！大嘴林的拳頭可認不得人！」

亞豬大咳，連連吐出幾口鮮血。蝦姑着了慌，要到『吉祥藥局』去請唐醫。亞豬不讓，因為沒有錢。烏九站在旁邊，靈機一動，到廚房去拿了點香灰來，據說這是「秘方」。然而「秘方」並不靈，鮮血總是不止。兩個孩子在牆角哭哭啼啼，相互擁抱，不敢看。

「別哭，」烏九對蝦姑說，「你去請大夫，我回車館去想辦法。」

說走就走，烏九冒着大風大雨，從「刣豬廊」回到「土橋頭」。車館死般沉寂，扁啊正在獨酌，看見烏九，笑得十分跋扈，意思是：聰明的女人不應該主動，其情形，等於捕鼠籠不應該主動地追捕老鼠。

「走進來！」她說，「陪我喝杯酒！」

烏九期期艾艾的：「亞豬吐血了。」

「喝下這一杯！」

烏九舉杯一口飲盡：「亞豬沒有錢請大夫。」

「再喝一杯！」

烏九舉杯一口飲盡：「想問頭家娘借三十扣。（註十六）」

「忙甚麼，再喝一杯！」

烏九舉杯一口飲盡：「再不請大夫，恐怕……」

「這是最後一杯！」

他再一口飲盡：「嘻！這房子怎麼會打轉的？」

「你不能再喝了。」

烏九舉起空杯：「再斟一杯給我？」

「你不能再喝了。」

烏九舉起空杯，紅淤的眼睛瞪得很大：「再斟我一杯？」

扁啊霍的站起，屁股一搖一擺，走進臥室。

烏九將空杯擲在地上，狂叫：「有酒嗎？」

扁啊驀地掀開門簾，身圍紗籠，胸脯露出一截肉，又白又嫩。

「進來喲！」

烏九站起身來，搖搖幌幌地走入臥房，眼前景物，忽清忽懵。門簾落下後，電燈扭熄。屋外風雨狂作，一扇板門，在風中碰上又吹開，吹開又碰上。臥房裏有女人笑聲格格。

院中有棵芙蓉樹，雨打樹葉，悉悉作響。風颸過，一瓣葉落，往下飄，往下飄，飄在水溝裏，隨水流去，流到大門口，流到蝦姑腳下。原來蝦姑在家裏等烏九拿錢請醫，等得不耐煩，趕來察看，在不經意中發現秘密，心似刀割。

蝦姑決定糟塌自己，天一麻粉亮，便走到廣東茶樓去找狗屎。狗屎手提鳥籠，口叼捲煙，含糊的開始使他何等不安。

「有甚麼事我可以……」

蝦姑不待狗屎將「可以」下面的話說出來，心一橫，咬牙切齒地說：「我答應大嘴林！」

狗屎對這突如其來的發展，缺乏心理上的準備，楞了一陣子，驀地嘿嘿狂笑，聽起來頗具抑揚頓挫。

半小時過後，狗屎將蝦姑往大嘴林房內一推，鎖上房門，兀自站在門外逗着籠中小鳥。起先，門內傳出大嘴林的笑聲：「走過來！讓我親親你！」接着是椅子倒在地上。繼而，門內又傳出大嘴林的笑聲：「怎麼？這樣大的姑娘，還怕羞？」接着是花瓶摔在地上。最後，門內無聲，狗屎手裏的小鳥，在籠中受驚亂跳。

當蝦姑走出房門時，已經不再是個小姑娘，心裏有點亂，卻絲毫沒有悔意。她用手指掠掠蓬鬆的頭髮，急於要到吉祥藥局去，纔發覺行路不大方便。

回到家裏，房內擠着不少鄰居，圍了個大半圈，正在唧唧喳喳。吉寧哭得很哀慟。亞豬躺在地板上，兩眼瞪直，胸口插一柄「巴冷刀」（註十七），白襯衫上沾滿鮮血，早已斷了氣。

鄰居們發現蝦姑不流眼淚，頗感蹊蹺。其實，人在絕望時，倒需要冷靜地想想。包租婆忽然由強盜變成菩薩，幫着理這弄那，在枕頭底下摸出一封信，交給蝦姑。信封寫着『留交蝦姑』，內文是這樣的：

『蝦兒知悉：我的病不會好了，家裏飯都沒有吃，哪還有錢治病。所以與其活着大家等死，不如讓我早點死去，也好減輕你的負擔。我的死，可以換得你們的生。你們要好好活下去，好好做人。我知道我不是一個好爸爸，唯有拿死來求得你的原諒。你已長大成人，我的一番苦心，諒你也會明白。千萬不要傷心，要小心照顧吉寧，沒有事，不可讓他單獨過馬路。

又及：吉寧的褲子破了，有空時，可將我的舊褲改做一兩條，給他穿。』

蝦姑從眼淚中讀完這封信，主意盡失，手裏握着一疊鈔票，聽任鄰居安排。有人提議將屍首送到『死人街』，包租婆就下樓去打電話。

中午時分，蝦姑帶着吉寧回家，弄了些東西吃，又翻箱倒篋地收拾細軟。

「姐姐」，吉寧睜大眼睛，「我們到哪裏去？」

蝦姑答：「姐姐帶你到有錢人家去住，有吃有穿，全不用我們發愁。」

「姐姐，我不要去。」

「那末，你要甚麼？」

「我要爸爸。」

蝦姑剛開口，有人敲門，是烏九。烏九縮頭縮腦，顯有內疚，問：「你爸爸呢？」

蝦姑不出聲。

「是不是送進醫院去了？」

蝦姑不出聲。

烏九掏出三張「老虎紙」：「這是我向頭家娘借來的。」

蝦姑憤然從口袋裏掏出一疊鈔票，擲在地上：「這是我們欠你的錢，還給你！」

烏九莫名其妙：「你怎麼啦？」

狗屎恰巧踏進門來，將鳥籠往桌上一放，接口說：「沒有怎麼。告訴你，蝦姑已經是林家的人了。」

「大嘴林？」

「出去！出去！你知道這是甚麼地方，也由得你亂闖亂闖！。」

烏九轉過臉去問蝦姑。

蝦姑眼皮一闔，眼淚像斷了線的珍珠。

狗屎拍拍烏九肩膀：「嗨，你在這裏搗甚麼蛋？快出去！我們還要忙着搬家。」

烏九問蝦姑：「他說的可是真話？」

蝦姑轉過頭去，不想開口。烏九一氣，憤然走出，跳上三輪車，毫無目的地隨處亂踏。

從此烏九變了，變得十分孤僻，常常兀自躺在貴里舖上，瞪大眼睛看天花板。

頭家娘依舊風騷，但不大請他飲酒，說他中了壞女人的「貢頭」（註十八），已經失去那股生龍活虎的蠻勁。

烏九自己倒並不認真，雖然不再走到河邊去聽講古，卻學會了逛遊藝場，學會了看電影，學會了到牛車水去嫖妓女。他有一句得意話：「女人有甚麼稀奇，髒的一塊二，淨的五塊六，老子有鐳（註十九），她就脫褲。」

有人勸他：「番邦鐳，唐山福，不要把辛苦賺來的血汗錢亂花，將來也好回國光耀祖先。」他就嗤之以鼻：「錢，錢是身外物；生不帶來，死不帶去。」這些話出諸烏九之口，極不相襯。

因此車館中人，勿論男女老幼，都在背後指手比腳，說他中了「貢頭」。

而最荒唐的指謫，莫過於張乃犬的假定，說是「鴉片仙」的暴卒，與烏九合舖有關。

為了這不負責任的指謫，加上他性情的突變，烏九失去了所有的友情。

他整天付了車租在街頭亂踏，甚至沒有乘客的時候也如此。頭家娘問他：「是不是想尋死？」他也支支吾吾地說不出甚麼名堂。其實，他嘴裏不說，心裏卻自有打算：他希望有一天能夠在街上撞見蝦姑。

這希望並未落空。一個有雨的晚上，在奧廸安戲院門口，他看見大嘴林挽着蝦姑走過來。蝦姑打扮得很摩登，牛仔褲，夏威夷恤，還剪了個馬尾頭。

烏九驚愕於這個發現，心一跳，混身哆嗦，像觸雷。然後忙不迭走下車座，奔上前去，脫口叫聲：

「蝦姑！」

大嘴林回過頭來，兩眼一瞪，露出一排金牙，臉色刷的發紫，舉起拳頭就打人。烏九腳底沒站穩，眼前一陣昏黑，倒在地上，不省人事。

這是烏九最後一次見到蝦姑，但並不是最後一次遭人毆打。約莫一個星期過後，烏九從惹蘭勿刹回來，夜已深，路上行人稀少，橫街突然竄出一大幫「打手」，將烏九團團圍住，幾根鐵棍打斷了一條腿。

送進醫院，醫生說：「骨已斷，非動手術將腿鋸去不可。」烏九認為大腿是他的謀生「工具」，鋸不得。但是醫生說：「不鋸可以致命。」而且，「腿鋸掉了，還可以依靠兩隻手去求生。」

然而烏九出院後，少了一條腿；卻無法依靠兩隻手去求生。車館裏的估俚們，個個同情他，但沒有一個可以幫助他。扁啊已有新歡，咬定牙關，非要烏九遷出不可，理由是：車館宿舍不是療養院，不踏車的估俚，不便留宿。

有人勸烏九去讀書，說是：識了字可以賺大錢。

烏九不同意。烏九曾經聽講古佬講過這樣的事：「從前有一個姓鄭的大僑領，目不識丁，結果發了大財，變成千萬富翁。大僑領有錢有勢後，常常覺得自己不識字，是一件很不體面的事。為了這個緣故，他就將自己的大少爺送到英國去留學，以為兒子讀了書，定可光耀門楣。兒子極聰明，在外國下了五年苦功，果然得了甚麼銜頭回來。大僑領高興得幾天合不攏嘴，還擺下幾十桌酒席廣宴親朋。有一天，兒子要做生意，向父親拿點錢。父親當即開了一張支票，兒子對支票端詳一番後，說：『爸爸，你把自己的姓都錯了，這個鄭字，耳朵在右邊，並不在左邊，如果是陳字，就在左邊了。』父親一聽兒子的話，非常得意，認為兒子究竟是識字明理的人，一眼便能看出錯字。於是又重新開了一張，沾沾自喜地將鄭字的耳朵改在右邊。到了下午，兒子又來了。大僑領問他：『是不是錢不夠？』兒子說：『不是不夠，而是銀行說爸爸的簽名不對，不肯付錢。』大僑領聽了此話，不覺大怒，一邊拍桌，一邊咆哮：『幹你老母！讀書有甚麼用，讀了書寫的字就拿不到錢！反不如我這不識字的老粗，幾個字就值幾百萬！』兒子啞口無言。」

「所以，」烏九加上一句：「讀書是沒有用的。」

所以烏九變成了乞丐，日日夜夜蹲在土橋頭，求取過路人的一點施捨。他的感受漸次麻痺，偶然也會想起蝦姑，但已經不若從前那麼緊張了。日子一久，竟連蝦姑的模樣也記不大清楚，直到第二年的中秋節，有人忽然發現運河裏浮起一具屍首，連忙跑上土橋頭一看，原來是蝦姑。烏九有點心酸，暗忖：不知道是被人謀殺的？還是自殺的？

註一　頭家娘即老闆娘。

註二　華僑稱苦力為「估俚」。

註三　向印度人借高利貸，以十元為例，每週歸還二元，六週還清，利息特高。

註四　地名，位於星加坡惹蘭勿刹附近。

註五　地名，為星加坡的唐人區。

註六　暗語，意指牛車水區的下等妓女。

註七　巴刹即小菜場，但其中有熟食檔及茶座。

註八　賣唱女當眾奏琴，表面上賣白欖，實際則為變相的乞錢。

註九　即叻幣。

註十 閩僑罵人的口頭禪，頗似「他媽的」。

註十一 馬來話，即警察。

註十二 監獄。

註十三 囚犯吃的飯。

註十四 「吃不到頭路」即找不到工作。

註十五 星加坡鬧市分兩區，一區叫小坡，一區叫大坡。

註十六 幣制單位之俗話，一扣即一元。

註十七 馬來人常用的刀子。

註十八 盛行於南洋的一種邪術傳說。

註十九 鐳即錢。

（刊於一九五八年四月出版的《中外畫報》第二十二期）

甘榜

甘榜裏有一條小河。

河北有一棵高聳的椰樹；河南也有一棵高聳的椰樹。

河北椰樹下住着一家馬來人；河南椰樹下住着一家中國人。

馬來人家有個年輕的姑娘，名叫「妮莎」，喜歡唱歌。

中國人家有個年輕的男人，名叫張細峇，喜歡吹簫。

妮莎有一個父親和一個哥哥，他們住在河北的浮腳亞答屋裏。這幢亞答屋建築在水上，前面是河，後面是一座叢林；兩旁全是鹹水樹。

張細峇祇有一個父親，沒有兄弟姐妹，他倆住在河南的磚石屋裏，開了爿「吉埃店」，前面也是河；但後面則是一座祇有十幾間店鋪的小「卜干」。

兩家的屋子面面相對，中間僅隔一條小河，河上有座橋，是政府開闢公路時建築的。公路極平坦，被落日光照得像一條金色的絲帶，路邊有幾個赤膊的馬來小孩在水龍頭下沖涼。

張細峇坐在橋上，兩條腿伸出鐵欄桿外面，盪呀盪的，非常優悠自得。

他在吹簫。

妮莎走出家來，悄悄地拴住門，挽着滿籃子髒衣服，婷婷嫋嫋地在浮板橋上行走，聽到了簫聲，便隨聲哼起歌來。

唱完最後一句歌詞，妮莎抬頭對橋上的細峇瞟了一眼，臉上泛起一陣紅暈，匆匆將浸在河水裏的沙籠撈起，挽着籃子，羞慚地踅回家去。

這時候，她的哥哥哈山坐着小划子，剛從橋洞划出，這是一種三四尺長的小划子，兩頭尖，船頭置一塊大石，掠蝦者坐在船尾，船身放一隻盛蝦的瓶子。

哈山划到岸邊，縱身跳出划子，兩腿浸入水中，從划子裏取出漁網，往肩上一甩，用臂力使勁向空間撒開，網邊縛了幾塊鉛片，網着水時，掀起一圈水花，便迂徐地沉入水中……，然後收網，雙手持網細觀，將網上的蝦逐個擷下，放入瓶中。

張細峇問：「幾個？」

哈山答：「六個」。

「剛才看見令妹在岸邊洗衣。」

「她本來在埠上唸書，爸爸說行情太淡，賺錢不容易，還是回家來幫下手。」

哈山繼續撒網掠蝦，這一次卻掠到了九個，臉上呈露得意的微笑。

細峇也微笑着：「她比去年長得高多了。」

「誰說不是喲，」哈山一邊撒網，一邊答：「昨天她回來的時候，我差點都不認識她了。」

「她還是像從前一樣的喜歡唱歌？」

「嗯，她還是像從前一樣的喜歡唱歌。」

「她還是那麼怕羞？」

「嗯，她還是那麼怕羞。」

談話至此，細岺的父親張番來蹣跚地奔上橋來，繃着臉，彷彿在生氣。

「細岺，你在跟誰說話？」他問。

細岺答：「我在跟哈山說話。」

「快跟我回去，店裏沒有人！」

吃過晚飯，細岺伏在櫃台上打算盤。

店堂中間板壁上，貼着一張塵封的紅紙：

五方五土五龍

唐番地主神位

張番來「擦」的一聲劃燃火柴，點了三枝香，插入香筒，然後回轉身來，往安樂椅上一躺，吸旱煙。

「我已經同你講過多少次了，叫你不要跟哈山來往，你偏偏不肯聽話。」他說。

「為甚麼不要跟哈山來往？」

「你別問為甚麼，我叫你不要跟他們來往，你就不要跟他們來往。」

「他們？」

「是的，連他的父親和妹妹在內。」

「我不懂。」

番來慢條絲理地叩去煙桿裏的煙燼，說道：「我們赤手空拳渡過七洲洋，為的是將來返唐山可以顯祖耀宗，所以必須克勤克儉，專心做工。」

「這跟哈山他們有甚麼關係呢？」細峇顯然有些困惑了。

「我叫你勤力做事，別成天胡思亂想。」

「我沒有胡思亂想喲？」

「你以為我不知道。」

「你知道了些甚麼？」

番來沉吟一陣，繼續說道：「總之，你不用管，我叫你不要跟他們來往，你就不要跟他們來往。閒話少說，你快把賬結出，天色已不早，早點兒睡，明朝還要到膠園裏去做工。」

細峇繼續算賬，俄頃，又抬起頭來問：「但是哈山是個好人。」

「我知道。」

「妮莎也是好人。」

「我也知道。」

「那麼，」細峇追問一句：「為甚麼不讓我跟他們來往？」

番來踟躕一陣，答道：「辰光不早了，快把賬結出，好去睡覺。」

經過半小時的沉默後，細峇已將賬目結出，伸伸懶腰，用手背掩蓋着嘴巴，頻頻打呵欠，然後沒精打采地走進自己的臥房，躺在牀上，轉輾不能成眠，對父親的話百思不解。

對河亞答屋有手拍Tamba和擊Gong的聲音傳來，雖然單調，但是極有韻節。

細峇一骨碌翻身下牀，走近窗邊，在皎潔的月光下看見妮莎冉冉走過浮板橋，逕向海灘奔去。

於是穿衣取簫，踮起腳跟拉開門，門彳亍一聲。

「細峇！你在做甚麼？」是鄰房父親的聲音。

「沒做甚麼。」

「為甚麼還不睡？」

「這就睡了。」

「快睡罷！」

細峇「哦」了一聲，便躡手躡腳地走出大門。

＊　＊　＊　＊

走到海灘邊，揀一塊平滑的岩石蹲下，開始吹起簫來。月亮發射銀色流蘇，海水變成深藍色了。晚風輕輕拂來，帶着海藻鹹味兒，遠處有一兩隻沙鷗，輕捷地掠過水面，又飛翔到半空。淺水灘上，不時有海水激濺和顛躓，妮莎盡力用手足划水，划過來，划過去，那赤身露體在水中有隱約的曲折輪廓。

她聽到了簫聲，不禁吃吃發笑。

他聽到了笑聲，倒有點窘迫了。

「請你回過身子。」她說。細岺就回過身子。

「請你走遠一些。」她說。細岺就走遠一些。

「請你用手把眼睛蒙起來。」她說。細岺就用手把眼睛蒙起來。

一分鐘過去了，細岺問：「好了沒有？」妮莎答：「沒有。」

兩分鐘過去了，細岺問：「好了沒有？」妮莎答：「沒有。」

五分鐘過去了，細岺問：「好了沒有？」妮莎沒有回答。

細岺睜開眼來觀看，妮莎已不見，面前站着的卻是父親。

「還不回去！半夜三更出來作恬？」父親的口氣很嚴厲。

細岺噘着嘴，非常憤懣，但又不敢反抗，祇得扔開重甸甸的步子踱回家去，一邊走，一邊遊目四矚，想看看妮莎是否還在附近，卻發現一棵椰樹上刻着一顆心，樹傍沙地上有誰遺落了一把小刀，拾起來仔細察看，刀柄上有兩個字：「妮莎」。

回到家裏，細崔滿肚子不高興，呆呆坐在牀邊，不想睡。

父親進來了，眼眶裏有一點潤濕。問細崔：

「還不想睡？」

「睡不熟！」細崔嗓氣地答。

父親笑了，在灰白色的鬍鬚間笑了，一種慈祥而富於人情味的笑。「睡不熟嗎？」他說：「反正我也睡不熟，不如讓我講一個故事給你聽罷。」

接着就開始了他的敘述：

「十六年前，我認識了一個馬來女人，她的眼珠子跟妮莎一樣靈活，但是比妮莎要沉靜得多，好像老是帶着三分憂鬱。她的頭髮，又黑又長，和妮莎一樣柔軟，披散在肩上，像朵雲。

「我們時常偷偷地在一起玩，為甚麼要偷偷地玩呢？因為她已經有了丈夫。她的丈夫是個不務正業的男人，整日酗酒賭博，而且脾氣很壞，稍不如意便會動手打人。

「有一天晚上，她忽然奔到我家裏來了，臉白如紙，掛着血痕，原來是給她的丈夫毆打過了。我百般撫慰着她，她表示非常感激，就在這時候，天氣驟變，忽然下起傾盆大雨來了。這一晚，她沒有回家。

「當她第二天回家的時候，她的丈夫因為隔夜喝醉酒打傷了一個膠園工人，被馬打抓去坐三個月的監。

「後來，她懷了孕。我勸她一起逃走，她不肯。過了十個月，她養了一個女孩子。」

「她的丈夫依舊天天打她，罵她，三個月的監禁並未使他的脾氣改好。她是一個懦弱的女人，將一切不合理的傳統觀念當作真理，沒有勇氣反抗，但又忍受不了痛苦的煎熬，內心的矛盾無法獲得統一，因此在一個有星有月的夜晚，她獨自走到海灘邊，逕向海中走去，從此一去不返，變成了古老傳統的犧牲品。」

說到這裏，張番來噙着眼淚，感喟地嘆息一聲，最後用戰顫的聲調加了這麼一句：「她是妮莎的母親。」

* * * *

第二天早晨，細峇照例赴膠園做工。

太陽冉冉地從海上昇起，微風送爽，妮莎獨自一個人走到海灘上去揀貝殼，有意無意地發現了椰樹上刻着兩顆心。下面是一張用小刀插着的白紙，白紙上是一行馬來字：「我們沒有緣。」

從此，靜靜的甘榜更靜了，不再聽到張細峇的簫聲；也不再聽到妮莎的歌唱。

小河依舊平靜如鏡，有一種神韻的美。

兩岸之間有座橋，橋上祇有寂寞。

（刊於一九五七年八月出版的《星期六周刊》）

愛看鮮血的女人

1

朱蘭是個尤物。

她的一顰一笑，無不是含有迷人的豔媚。

亞洪第一次看見她，就愛上了她。

她有很多男朋友。

在這些男朋友中，有的家境富裕，有的漂亮。

有一天，亞洪閒着無聊，獨自一人走進學校旁邊的茶餐廳，喝茶。朱蘭坐在角隅的卡位裏，孤零零的，正在喝「可口可樂」。

她對亞洪笑了一笑，唇紅齒白，十分迷人。

「坐下來，」她說。

亞洪坐下了，有點受寵若驚。

這些日子，亞洪無時無刻不在想念着她，白天無心做事，夜晚常為她而徹夜失眠。現在，忽然獲得這個機會，能不欣喜若狂？

「有甚麼事？」亞洪問。

「昨晚做了一場夢，要不要講給你聽？」她笑得很媚，媚如蓮花。

「見了甚麼？」

「在夢中，我走去參加一個派對；但是那個地方好像是一間醫院。」她取出香煙，侃侃而談：「有一個男人忽然走到我面前，命令我將身上的衣服脫光。他要替我檢查身體，於是我脫去身上的衣服。我心裏很害怕，然而並不害羞。他叫我躺在地上，我不肯。他用力拉開我的兩腿，貪婪地注視我的身體，我放聲大哭。當我醒來時，我還在掙扎吶喊。」

「那個男人是誰？」

「肥仔黃。」

「你怕他？」

「不。」

「那末，你怕甚麼？」

「說起來，這還是我自己不好。」她一連吸了幾口煙，「肥仔黃帶我到夜總會去吃宵夜。他喝了不少酒，我也喝了不少酒。我有點醉，走出夜總會，竟糊裏糊塗的跟着他走進一家旅館。那是一間佈置得十分幽雅的臥房，陳設富麗，燈光柔和。肥仔黃情不自禁地吻我，我也不抗拒。後來他開始替我解衣，抱我上牀，摟着我，吻我，摸我……直到牀單上全是血跡的時候，他才嚇得渾身發抖，一骨碌翻身下牀，直眉瞪眼地盯着我，久久說不出話來。」

「為甚麼？」

「因為我將他的兩肩和胸膛全都咬破了。」

「為甚麼咬他？」

「祇有看見血的時候，我才能獲得真正的快感。」

聽了這一番話後，朱蘭的大膽和直率使亞洪吃驚。亞洪問她：

「為甚麼將這些事情告訴我？」

朱蘭嫵媚地橫波一睨：「肥仔黃已經與我斷絕來往了。」

「肥仔黃是個傻瓜。」

「你呢？你傻不傻？」

「最低限度，我不會怕你咬。」

「你真的這樣喜歡我？」

「是的。」

朱蘭喜得心花怒放，秋水流盼，媚到極點。

她邀亞洪看電影，亞洪很驕傲。

2

看完電影，兩人到一家西餐館去吃飯。亞洪問朱蘭：「住在甚麼地方？」

「我沒有家。」

「你的父母呢？」

她頓了頓，咬咬牙問：「我有沒有將父親離家的事告訴過你？」

亞洪搖搖頭。

她說：「……那是有雨的晚上，吃過飯，母親在收拾碗筷，我在書桌邊溫習功課。天氣很冷，北風從破碎玻璃窗裏吹進來，呼呼有聲。父親回來了，淋了一身雨，濕漉漉的，像隻落湯雞。母親問他：『冷不冷？』父親淡淡地答：『不冷。』母親從鼻孔裏哼了一聲，粗聲地說：『不冷？一定又在喝酒！』父親兩眼一瞪：『別提這些個，好不好？我很疲倦。』母親放開嗓子嚷：『疲倦？是不是玩女人去了？』父親沉不住氣，憤怒地吼出兩個字：『閉嘴！』母親用手拍桌，破口大罵：『流氓！不要臉的東西！拿了我的錢到外邊去嫖女人，還有臉孔回家？』父親臉色發青，嘴唇在發抖：『就少說一句吧！』母親抽哽了，邊哭邊罵：『要我不說話，沒有這麼容易！你在外邊吃喝嫖賭，要我在家裏受苦！』父親歇斯底里地怒叱：『不要講下去！』母親不肯罷休，拍手頓腳：『我偏要講！除非你立刻滾出去！』父親心一横：『好，我就走。』母親說：『滾！你給我滾！永遠不要回來！』父親板着臉，一言不發，悻悻然走向房門。母親見父親認真要走，心裏倒也焦急了起來，三步兩腳趕上前去，攔住大門，不讓父親走出去。父親怒不可遏，一把將她倒推在地，她的額角撞在桌邊，破了，鮮血直流。那鮮血濃凝凝的像泉水一般湧出，十分有趣，使我看了，笑不可仰。」

「你還發笑？」亞洪問。

「覺得奇怪嗎？」

「母親受了傷，你還發笑？我真不明白。」

「我從小就恨母親。」

「為甚麼？」

「因為她常給父親許多麻煩。」

「所以你喜歡見她流血？」

「流得越多，我越痛快。」

「你的父親終於出走了？」

「這件事使我更加憎恨母親！」

說到這裏，伙計端布甸與咖啡來，亞洪掏出煙盒，遞一枝煙給她。她說：「心很煩，想喝點酒。」

亞洪向伙計又要了兩杯酒。

紫紅色的酒，濃郁的香味，亞洪舉起杯子，對她說：「祝你幸福。」她含笑盈盈，也舉起了杯子。兩人將酒一口飲盡。

第一次亞洪感到一種女性的溫存，像樹木感受陽光與雨露。

亞洪墜入情網，沉醉在她的笑容裏，有些飄飄然。

「之後有沒有再見到你的父親？」亞洪問。

她歎息一聲：「祇有一次。」

「在甚麼地方？」

「在我牀邊。」

「他對你說些甚麼？」

「他甚麼都沒有說。他死了！」

「死了？」

「給母親打死的。」

「這是怎麼一回事？」

朱蘭眼眶裏含着眼淚，黯然傷神地：「那是一個寒冷的夜晚，我病倒了，躺在牀上，還沒有睡熟，忽然有人按門鈴。母親走去應門，門啟後，竟是父親。」

「他回來了？」

「他並不願意回來，只是聽說我病了，走來看我。」

「你母親怎樣表示？」

「她怒氣沖沖地將父親推在門外，不讓他進來。」

「為甚麼？」

「我也不知道。」

「你父親怎麼死的？」

「後來，不知怎的，他們兩人大聲吵了起來，父親將母親一把推倒在地，性急慌忙地走近牀邊來看我。當他開口的時候，母親從地上爬起，暗中取了一隻熱水壺，重重往父親頭上一擊。」

「就這樣死去了？」

「你要知道，」朱蘭說：「我父親是個六十開外的老年人。」

「後來呢？」

「我憤然離家出走。」

「依靠甚麼養活自己？」

「幸而遇到了一位好心腸的朋友，他介紹我進一家工廠去做事，白天做工，晚上陪他。」

3

吃過晚飯，朱蘭要亞洪陪她去跳舞。跳舞時，她常以粉頰貼着亞洪的臉。

這一晚，她的精神特別好，當別人開始打呵欠時，她還是那麼興高彩烈。

夜總會打烊後，亞洪問她：「還有甚麼節目嗎？」

「送我回家。」她說。

亞洪僱車。

在車廂裏，他們接吻。

十數分鐘後，車抵朱家。付了車費，朱蘭要亞洪走進她的臥房。

夜已深，對街屋頂上的霓虹燈廣告，仍有桃紅色的光芒射進房內，忽明忽暗。

朱蘭扭亮枱燈，亞洪驚詫於這臥室的佈置幽雅。

她替亞洪脫去皮鞋，她替亞洪脫去上衣，她替亞洪脫去長褲，弓着腰，噘起紅豔無比的嘴脣，瘋狂地吻亞洪，隨後關熄枱燈。

她低聲問：「愛我嗎？」

「我當然愛你的，不過……」

「不過甚麼？」她問。

「你有太多的男朋友。」亞洪答。

她用手撫弄亞洪的頭髮，嬌滴滴地說：「那些男人只是玩玩的，像一堆玩具。」

「為甚麼？」

「因為，」她說，「他們全不是我所喜歡的。」

「你喜歡的男人是怎樣的？」

她沉吟一會，答：「外表的漂亮與否，並不重要；但是，同我常在一起的那些男人，沒有一個不是懦夫。」

「我有勇氣！」

她嗤鼻哼了一聲：「你自己怎會知道？做過令人吃驚的事沒有？」

「你肯保守秘密嗎？」亞洪問。

「甚麼？」

「我曾經單獨地搶劫過一個路人的錢財。」

「這倒是需要一點勇氣的，當時你怕不怕？」

「一點都不怕。」

「我不相信。」

「要不要再做一次給你看？」

她一骨碌翻身下牀，坐在牀沿，從抽屜裏取出一把六七寸長的尖刀，亮幌幌的，擺在亞洪面前。

「做一件有勇氣的事出來！」她說。

亞洪嚥了一口唾沫，手在發抖：「你……你要拿這個東西……做甚麼？」

她將嗓子壓得很低：「我要你殺死一個人。」

「殺死誰？」亞洪問。

她妖冶地俯下身來，一邊吻亞洪；一邊說：「隨便殺死誰。」

「為甚麼平白無故殺人？」

「如果真心愛我，必須拿事實來證明你不是一個懦夫！」

「朱蘭」，亞洪說，「自從第一次看見你時，我就愛上你了；可是，要我拿了刀子去殺人……」

「你想不想同我結婚？」

「我希望能夠永遠跟你生活在一起。」

「既然如此，」她將刀子遞給亞洪，「拿去吧！」

亞洪接過尖刀，問她：「你是不是跟我開玩笑？我的意思是說，你真的要我去殺死一個人？」

「是的。」她的答覆非常肯定。

4

起牀，各自穿上衣服，疾步朝外急走。街上一片靜寂，行人稀少。

亞洪將尖刀插在腰際。

朱蘭帶亞洪走入一條橫巷，坐在一家後門的石級上。朱蘭從垃圾桶裏找出一隻空酒瓶，遞給亞洪，細聲細語地說：

「當我叫你幹的時候，你就用空瓶猛擊他的頭顱，然後用尖刀刺入他的胸膛裏去。」

亞洪的心突突的往上撞，情緒非常緊張。

天未明，橫巷的路燈已熄。四週陰沉沉的，很靜，靜得有點恐怖。

忽然傳來一串沉甸的足音。

舉目一望，原來是個乞丐。

亞洪以為朱蘭會叫他下手，結果沒有，她只是眼巴巴地望着他。

乞丐走過他們身前，朝前走幾步，掉轉身來，又打從他們身前走回去。

朱蘭毫無動靜。

亞洪對她橫眼一看，她牽牽嘴角，微笑着，一言不發。

東天已經泛起魚肚白，遠處有雞啼。

晨風吹來，很冷。

亞洪翻起衣領，縮作一團。

十數分鐘後，橫巷的另一端，又有足音傳來。亞洪傾耳諦聽，低聲說：「有人來了！」

朱蘭扁扁嘴，瞪大眼睛，聚精會神地望着遠處，望了一陣，才知道是個派報紙的。

亞洪以為朱蘭一定會叫他下手了。

但是，當報販大踏步地走過他們身前時，朱蘭依舊不動聲色。

「這是怎麼一回事？」亞洪暗忖。

朱蘭用微笑回答亞洪的疑問，舉起豐艷的雙臂，勾住亞洪的頸項，撮起嘴唇要他吻她。

稍過些時，距離他們十步之遙的一家後門，忽然啟開了。門內走出一個茁壯的婦人，手裏提着一隻飯盒，冉冉走來。

朱蘭突呈緊張，用手肘撞了亞洪兩下，低聲說：「來了！快站起！先用酒瓶擊昏她！」

亞洪站起來，將握着酒瓶的手放在背後。

那婦人用驚詫的目光對亞洪望了一下，加快腳步，從亞洪身邊擦過。

就在這時候，亞洪拿起酒瓶，對準她的後腦，重重一擊！

她暈倒在地。

朱蘭連忙走到亞洪身旁，對他說：「拿出刀來！」

亞洪從腰際拔出尖刀。

「刺下去！刺她心臟！」她說。

亞洪心慌，握着尖刀，躊躇不決。

「你的勇氣到那裏去了？」她問。

亞洪於心不忍。

「你是一個懦夫！」她說。

這句話使亞洪理智盡失，心一橫，舉起刀子，咬牙切齒地往婦人胸口一刺。鮮血四濺。

朱蘭縱聲狂笑，笑得像一隻貓頭鷹。她的笑聲含有無比的恐怖，亞洪渾身發冷，久久不能使自己的情緒恢復寧靜。

亞洪用力拔出尖刀，鮮血像泉水一般湧出。

朱蘭笑得更狂。

亞洪害怕極了，用抖顫的聲音問她：「這是誰？」

她仰天狂笑，在瘋狂的笑聲中，答：「她啊？她是我的母親！」

發了一怔，亞洪手裏的刀子突然掉在地上。

亞洪指着朱蘭叫起來：「你——你是一個瘋人！」

朱蘭並不惱怒，輕輕地說：「再給她一刀！你看，她的眼睛又睜開了！」

亞洪本能地側過頭去，發現朱蘭的母親兩眼瞪得大大的，充滿了恐怖的神情。

「快。」朱蘭說，「再給她一刀！」

亞洪望望朱蘭的母親，覺得她太痛苦了，按照朱蘭的指示，又刺了她一刀。

這一次，為了要她迅速死去，刺在她喉際。

鮮血四濺！

又是一串恐怖的狂笑！

亞洪害怕到極點，將手裏的尖刀往地上一擲，瘋狂似的奔出橫巷。

亞洪恨透了朱蘭，也恨透了自己。

不應該愛上一個瘋人！更不應該接受一個瘋人的指揮！

奔上大街始有嘈雜聲：汽車、人力車、貨車甚麼車子都出動了。

亞洪神志非常恍惚，竭力想使自己獲得鎮靜，卻老是迷迷糊糊的，不知道應該怎樣才好。

忽然有人輕拍他肩。

回頭一看，是一位警察。

「請你跟我到警局去一次，你胸前怎麼會鮮血斑斑的？」警察問。

亞洪被拉進警局。

5

警長問：「胸前的血跡從何而來？」

「我殺死了一個女人。」

「這個女人是誰？」

「朱蘭的母親。」

「你為甚麼要殺死她？」

「朱蘭叫我做的，她是一個瘋人。」

「你怎會聽一個瘋人的指揮？」

「我愛她。」

「朱蘭在甚麼地方？」

亞洪將朱蘭的地址告訴警長後說：「朱蘭是沒有罪的，她是個瘋人，而且她沒有動手，請警長不要抓她。」

但警長還是將朱蘭抓來了。

兩天後，有一位專治精神病的醫生到拘留所來替亞洪檢查。

檢查完畢後，亞洪問他：「有沒有檢查過朱蘭？」

他點點頭。

「朱蘭的瘋狂程度是否很嚴重？」亞洪問。

醫生說：「朱蘭很正常，沒有病。至於你，倒也不必擔心，法官不會判你死刑的，因為你患有嚴重的精神病！」

（作於一九七一年）

兩個表妹

我有兩個表妹。

一個叫「咪咪」一個叫「秀蘭」。

咪咪十八歲，很美；秀蘭十七歲，很醜。

咪咪是快樂的，秀蘭是憂鬱的。在學校裏，咪咪有許多男同學追求她，秀蘭沒有。咪咪時常得到男朋友的邀請：看電影，參加派對，上山頂飲下午茶，到青山去Picnic，甚至坐了遊艇到長洲去吃海鮮。秀蘭沒有這種邀請，衹可以在家啃死書，她找不到男朋友，也找不到幸福。

秀蘭非常羨慕咪咪的美麗，由羨慕而變成她的崇拜者。譬如說：咪咪與男同學拍網球，秀蘭只要能夠在場邊觀戰，她已心滿意足。如果咪咪說：「秀蘭，到樓上把我的球拍拿下來。」秀蘭就會很快的奔上樓去，給咪咪取球拍。秀蘭對於諸如此類的事不但不怨，而且引以為榮。如果咪咪對她說：「我真不知道，你這兩條瘦腿竟會跑得如此快。」她也不生氣。

為甚麼？

因為，秀蘭知道自己長得很醜；咪咪長得美。

在秀蘭心目中，咪咪是女皇，自己能夠做一個婢女已屬萬幸。

然而，咪咪還是討厭她。

最大的原因是男同學們都討厭她。

秀蘭是十分悲哀了。

她恨，恨自己長得太醜。

有一天，放學回來。咪咪和別的男同學去看五點半的電影，秀蘭一個人沒精打采地走回家去。剛到路口，忽然聽見有人在路旁呻吟，側過臉去一看，原來是一個男同學，駕翻了單車，倒在地上，傷了腿。秀蘭連忙走上前去，扶他起身，撕了一塊襯裙，替他包紮傷口，然後僱一輛的士，送他回家。

從此秀蘭認識了一個男同學。

他叫周天承。

秀蘭對周天承很有好感；但不敢同他接近。周天承對她很客氣，見了面總是點點頭，笑笑，老不說話。他對秀蘭似乎只有「感激」，並不「鍾情」。秀蘭很自卑，認定沒有男同學會「鍾情」她。

聖誕節。

同學們在籃球房裏舉行派對。

咪咪照例有許多男同學給她當舞伴，一清早，沒有吃早餐，就上理髮店去電頭髮，修指甲。

回家後就一陣子忙，敷脂，抹粉，擦皮鞋，戴項鏈，買胸花，催裁縫趕製夜禮服，忙這忙那，連吃飯都抽不出時間。

而秀蘭呢？秀蘭沒有事。她不想去參加，只是一個人躲在臥室裏，戴起眼鏡，讀狄更司的《聖誕故事》。

晚上，咪咪打扮得漂漂亮亮地去參加舞會。周天承忽然來了，說要邀請秀蘭一起去參加。秀蘭高興極了，因為這是她一生中第一次出現的奇蹟。

可是秀蘭沒有夜禮服，沒有新皮鞋，沒有項鏈，更沒有多餘的時間可以讓她上理髮店去電髮，修指甲。

她拒絕了周天承的邀請，推說頭痛。

周天承不敢勉強她，只好單獨去參加。

秀蘭心裏十分矛盾，伏在牀上，哭了一晚。她並不後悔，祇是埋怨上帝為甚麼要給她長得如此醜。

第二天早晨，咪咪回來了，興高彩烈的給大家敘述「舞會」的熱鬧情形。又說，有一個模樣長得很英俊的男同學，頻頻請她跳舞，處處對她表示好感。這位男同學就是周天承。

秀蘭聽了，心如刀割，回到臥房，又哭了一天。

假期滿了。

秀蘭在學校裏遇見周天承。周天承還是像從前一樣點點頭，笑笑，老不說話。

然而周天承見了咪咪，卻是有說有笑的似乎已經很相熟。

有一次，秀蘭攜了書本，到校園裏去唸書。無意中發現咪咪和周天承在河邊散步，兩人情話喁喁，模樣很親暱。

秀蘭見了，非常難過。

回到家裏，把書本往地上一擲，就奔入臥室，蒙被飲泣。

哭了一陣，忽然有人敲門。

是咪咪。

秀蘭現在已經不再是咪咪的崇拜者了。她把咪咪當作「情敵」，她妒忌咪咪。所以繃着臉，努起嘴，恨自己的醜，更恨咪咪的美。

可是咪咪今天卻特別和氣，一見秀蘭，就笑嘻嘻地說：「明天大除夕，周天承請我們到『美麗華』去跳舞。」

「我們？」秀蘭半信半疑地問。

「是的，你同我。」

秀蘭這才破涕為笑了。

一夜無話。

第二天晚上，周天承來了，穿一套夜禮服，頭髮梳得光溜溜的，很有點紳士氣派。

三個人坐了周天承的車子向「美麗華」馳去。

走進舞廳。

人很多。紳士淑女都戴了紙帽，狂歡舞蹈，十分熱鬧。僕歐領他們走到預定的座位，坐定後，周天承要了一杯蔻拉沙，咪咪要一杯馬退爾，秀蘭卻要了一杯鮮牛奶。咪咪立即緊蹙眉尖，暗中拉拉秀蘭的衣角，意思是：「你怎麼這樣土氣？」秀蘭明白自己不應喝鮮奶，越發拘束了。

周天承邀咪咪跳舞，咪咪跳得很好。

周天承邀秀蘭跳舞，秀蘭卻搖搖頭：「我不會。」

有獎跳舞開始，周天承和咪咪居然獲得頭獎，咪咪上台領獎，是一個洋娃娃。周天承說：「送給秀蘭吧！」秀蘭心裏很不自在，覺得周天承不該把她當作小孩子，但她還是接受了。

舞跳得膩了。

咪咪要周天承伴她到花園去散步。周天承說：「別人要佔去我們的座位的。」咪咪說：「叫秀蘭看守好了。」秀蘭心裏更氣了，覺得不該把她當作婢女看待；但她還是答應了。

從花園回入舞廳，回到座位。

兩人繼續跳舞。

在舞池裏，一個外國水兵，喝醉了酒，再走來調侃咪咪。咪咪憤怒極了，要周天承阻止那醉鬼的無禮行動。周天承說：「多一事，不如少一事。」咪咪更生氣，說周天承不懂社交禮節，沒有騎士風度，是個懦夫。當即站起身來，獨自走了。周天承連忙付賬，匆匆趕出，連聲向咪咪陪罪。咪咪鼓啜着嘴，不理他。周天承說：「那末，讓我送你們回去吧！」咪咪說：「不必了。」說吧，拉着秀蘭就走。

從此，咪咪與周天承的情感破裂了。

周天承寫信來道歉，咪咪看都不看，就撕得粉碎。

周天承打電話來，咪咪不聽。

周天承來訪，咪咪不見。

周天承沒辦法，唯有懇求秀蘭去講情。秀蘭心裏不願意，但是答應了——答應做一件她本心不願意做的事情。

秀蘭很清楚：周天承愛咪咪，咪咪不一定愛周天承。自己愛周天承，但周天承一定不愛自己。所以她代周天承去講情了。

咪咪很驕。

「這是我的事，」她說：「不用你管。」

事情就這樣弄僵了。

學期結束。

周天承一氣，搭上郵船去美國讀書。

咪咪忽然向父母表示要結婚了，對象是一個姓曹的男同學，名叫劍春，油頭光臉，不學無術，是一個花花公子，很富有，有洋樓，有汽車。

祇是沒有愛情。

秀蘭知道，咪咪並不愛他，咪咪愛的是金錢。

然而咪咪認為結婚不一定需要愛情。

所以——咪咪婚後的境況當然不好。

一方付錢，一方賣色。與其說這是「結合」；毋寧說他們完成了一宗買賣。

咪咪成了香港上流社會的貴婦人，得到了一切希望獲得的物質享受。但她很寂寞。

曹劍春娶得了一位美麗的太太，等於買了一座石膏像，因此也很寂寞。曹劍春得不到家庭的溫暖，成天在外邊喝酒，賭博，玩女人。恣情作樂，儘量揮霍。

而最寂寞的還是秀蘭。

秀蘭離開學校後，咪咪嫁了人，周天承出國去，生活比前更枯燥，更單調，她沒有享受，沒有溫暖，沒有快樂，沒有愛情，生活像一潭死水，平淡無味，她好像在等些甚麼，也好像甚麼也不等。

一年過去了。

某一個初秋的雨夜，秀蘭突然接到周天承從美國寄給她的信。

秀蘭緊張得直哆嗦。

「秀蘭：我已經啟程回港了，預計八月三十日下午四時可以抵埠，希望你能偕同咪咪來接我。一年來，我沒有一天不在想念你們。度過這一年孤獨的生活後，我承認：我無法離開咪咪，沒有咪咪的愛，就沒有幸福。一年前，我曾經請你代我求情，現在還是這句老話，請咪咪饒恕我。餘容面談，祝你倆快樂！ 周天承上」

秀蘭讀完了信，不知道應該高興？抑或悲哀？

周天承回來了，是喜事。周天承還不能忘情咪咪，是恨事。

秀蘭想：不把信給咪咪看，不妥；給她看，更不妥。

這就難了。

翻翻日曆，已是八月二十九日。明天周天承就要抵埠了。

如果周天承知道她沒有把他的意思轉告咪咪，他一定會恨透自己的，秀蘭最怕周天承對自己有惡感，她缺乏勇氣去做一件自私的事情。

因此，她決定去看咪咪。

到曹宅，咪咪招她在客廳裏飲下午茶。兩人談了一些家常後，秀蘭就把信交給咪咪，她看了，沉吟着，直發楞。

有人打電話來。

是警察局。

曹劍春自己駕了車，帶了幾個舞女上淺水灣去跳舞，因為喝多了酒，車子從山頂翻下山來，焚斃了，要咪咪立刻到肇事地點去認屍。

咪咪掛了電話，目瞪口呆，不說話，也不流淚。

半晌。

咪咪才站起身來，說：「我去認屍，秀蘭，請你告訴周天承，我不想同他見面。」

……

第二天，下午四點鐘。

秀蘭到碼頭去接周天承。

周天承一下船就問：「咪咪呢？」

秀蘭說：「她不想同你見面。」

周天承詫異地：「為甚麼？」

秀蘭道：「她已經結婚了！」

周天承垂着頭，咬咬下唇，臉孔氣得鐵青，僱了一輛的士，回家去。

晚上。

秀蘭在家裏接到周天承的電話。

「是秀蘭嗎？」周天承說：「你有空嗎，我想請你到『紅寶石』去飲茶。」

「甚麼時候？」秀蘭問。

「現在。」

「好的，我馬上就來。」

秀蘭掛下聽筒，立刻上樓梳頭穿衣。半小時以後秀蘭趕到「紅寶石」，周天承一個人坐在靠窗的位子，見了秀蘭，還是老樣子，點點頭，笑笑，不說話。僕歐問秀蘭喝甚麼，秀蘭要了一杯咖啡，兩人相對無言，久久沉默。

隔了很久很久——

周天承然後從口袋裏取出一隻鑽戒往秀蘭手指一戴，說道：「秀蘭，我愛你。」秀蘭大為錯愕，暗忖：這是一句謊話，周天承有意對咪咪作的報復了，但是她終於流了快樂而又感激的淚。她願意成為周天承報復咪咪的武器；更願意周天承成為自己報復咪咪的武器。

秀蘭羞慚地低下頭，下意識地用銀匙在咖啡杯裏攪了又攪，企圖以此來平靜自己緊張的情緒。

一個月過來。

秀蘭與周天承在婚姻註冊處完成了婚禮。

然而這不是一個美滿的結合，兩人間祇有帕拉圖式的友誼，沒有真正的愛情。周天承對秀蘭的態度，始終是陌生而又客氣；秀蘭則對他處處討好，體貼入微。可是討好體貼並沒有換得周天承的真愛。

秀蘭並不快樂。

她的夢碎得太早。世界一團黑，沒有一點希望。

就在這個時候，周天承忽然變了，變得非常暴戾，稍不如意，開口就罵，動手就打，一種平常的男子的驕傲，遽爾變成暴君的殘酷。他待秀蘭，比待婢女還不如。秀蘭只有忍受，從不反抗。

有一天。

秀蘭到中環去買東西，打了一個電話回家，邀周天承出來伴她到「娛樂」去看電影。「我現在美利權等你，」她說：「請你立刻就來。」

周天承起先回說「沒有興致」，但經不起秀蘭的一再慫恿，也就答應了。

周天承趕到美利權，竟發覺咪咪一個人坐在那裏。

天承又驚又喜，問道：「秀蘭呢？」

咪咪答：「秀蘭剛才到我家來，邀我伴她到永安去買點東西，買完東西，她說要去看一個朋友，叫我先在這裏等她，回頭一起去看娛樂的電影。」

天承「哦」了一聲。沒有說話。

咪咪見了天承，似乎有點忸怩，也有點羞慚，垂着頭，不說話。

兩人等到五點半，依舊不見秀蘭來到。

六點半，秀蘭還是沒有來。

天承說：「不會來了，我們回家去吧。」

咪咪說：「好的。」

天承說：「到我家去吃晚飯？」

咪咪呶嘴說：「不必了。」但結果還是去了。

兩人回到家裏，天承問傭人：「太太回來了沒有？」

傭人說：「早就回來了，現在臥室。」

天承很生氣，認為秀蘭無端失約，故意同自己開玩笑，傷了自己的自尊心，當即趕上樓去問罪。但是門鎖着，敲了兩下，門不開。於是從腰間掏出鑰匙，啟開門，不覺大吃一驚。

秀蘭殭直地躺在地上，面如土色。

天承俯身按按她的額角，冰一般涼。

在秀蘭的手中，天承發現一張紙條，上面寫着這麼幾個字：「天承，我不配接受你的愛，再會吧，秀蘭絕筆。」

（刊於一九五九年十一月十二日《銀燈日報》）

兩男一女

有人問：一個當演員的人，在現實生活中，是否也會有真實的感情？

我聳聳肩，表示不知道。

「世界是一座大劇場」，但是我卻認為「劇場是一個小世界」。在這個「小世界」中，我們如果肯留意一點的話，當不難發現許多有趣的故事。

下面我要告訴你的就是其中之一。

這是一個發生在電影圈裏的戀愛故事。

如同所有曲折的戀愛故事一般，這個故事也有三個主角：一個美麗的女人，一個窮光蛋，一個花花公子。

女主角是一位剛剛紮起的「新星」，星目朱唇，長得十分美麗。電影公司對她期望甚高，一經試鏡，立即跟她簽訂了一張五年的長期合同，薪水不大，每個月只有兩百塊港幣；但是言明一開始就可以當主角，條件不能算壞。公司方面替她改名為「白江」，說是喚叫起來比較順口。

白江第一次上鏡時，結識了一個擔任場記的男人。這場記年紀還輕，日子過得平平淡淡，雖然不必愁吃愁穿；可是絕對不能算是富有。因此，在這個故事中，他代表了「公式」裏的窮光蛋。

他叫「馮丁」。

馮丁似乎是個老實人，結識白江後，儘量設法討好她。白江並不討厭他的殷勤，相反地，當第一部片子殺青時，她已經對他頗有好感了。

就在這時候，白江結識了一個花花公子。

那是一個馬來亞華僑，名叫「陳亞九」，因為要接洽幾宗買賣，順便到香港來遊覽。

陳亞九一到香港，立刻被這裏的高樓大廈與皇后道上的櫥窗迷住了。他的父親曾經傳給他幾千「依葛」（註：馬來亞華僑稱畝為依葛）的樹膠園，不必他自己動手，每年就會有數不清的錢財，源源滾進來。他很有錢，但是從未這樣享受過。

在一位朋友的生日舞會上，陳亞九邂逅了白江。兩人跳了一隻恰恰後，亞九竟將她拉到花園裏的燈光不及處，吻了她，還將自己家產的數字講出來。

白江對於這突如其來的「吻」，並不感到吃驚；她吃驚的是：這位來自馬來亞的華僑青年竟會有這麼多的錢財。

為了這個緣故，白江不但沒有舉手摑他一巴掌，抑且低着頭，故意裝出含羞忸怩的神態。白江是個有天才的女演員，這一方面的表情，最為拿手。

「你一定以為我是一個很隨便的女人。」

「為甚麼？」

「因為我應該生氣的。」

「為甚麼要生氣？」

「你吻了我！」

「接吻是一種令人感到喜悅的動作。」

「但是你是一個陌生者。」

「那末，」亞九涎着臉，說：「你就把我當作臨時演員罷。」

這是一句略帶侮辱意味的話語，白江聽了，不免有點憤恚，當即將臉偏過一邊，咬着嘴唇不發一言。

「原來是一個有錢的輕浮男人！」她想。

她討厭輕浮男人；然而不討厭錢。因此，當亞九從手指上脫下一隻鑽戒來的時候，那亮晶晶鑽石，終於使白江喜的心花俱開了。亞九用熱吻表示歉意，她笑得格格的。兩人當即悄悄離開舞會，由亞九駕車，過海到「華爾登」去飲酒。在「華爾登」的草坪上，白江陶醉在詩的境界裏，投在亞九的懷抱中，分不清夢與現實。

白江就是這樣一個女人，有時候把演戲當作人生；有時候把人生當作演戲。常常清醒時像在做夢，做夢時又像現實。大凡愛慕虛榮而不大有主張的女人多數是這樣的，白江比別人更虛榮，所以更糊塗。

就在這天晚上，她喝了不少酒。情感好似放了韁繩的馬，收不住。如果亞九不是那麼老實的話，白江絕對不會拒絕他的要求。幸而亞九無邪念。縱然送了一隻鑽石給她，卻並不想在她身上得到些甚麼。這一點。對白江而言，實在是非常難能可貴的。白江起先將亞九當作一個揮金如土的花花公子，過後才發現這個花花公子雖有揮金如土的習性，但是本質上卻並不壞。

因此，白江開始對亞九有了好感。

因此，白江開始對馮丁逐漸冷淡了。

白江最討厭男女之間的關係由金錢操縱或支配。她之所以會愛上馮丁，主要的原因還是因為馮丁是個窮光蛋。在白江的心目中，一個做電影明星的女人，能夠擺脫所有大腹賈的引誘，轉而愛上一個貧窮的場記，實在是一樁非常崇高的事情。過去幾個月，白江常常以此自傲。如今，她又結識了亞九。亞九是個有錢人，習慣用金錢購買愛情。所以，與有錢人來往，總不能免避貪財的嫌疑。白江平日的物質慾很高，但是逢到情感上的事，她一直想保持清白。

亞九沒有利用鑽石戒來侮辱白江，使白江對於金錢與愛情的看法，有了一百八十度的轉變。她承認過去的觀念是一種不可理喻的固執。她必須用行動來糾正這一項錯誤的觀念。

於是乎發生了這樣的一件事：

一個週末的下午，那個做場記的馮丁匆匆走來，說是公司方面因為開支龐大，實行裁員減薪，結果將他也裁掉了。

「你不必可憐我！」馮丁憤恚地說。

白江貶貶千嬌百媚的黑眸子，對他寄予無限同情：「我知道你一定會有辦法的，不過，暫時你怎樣應付這艱苦的階段呢？」

馮丁低頭不語。

白江見他眼圈紅紅的，已能判斷他心情的大概了，當即打開手袋，取出一些零錢來，交給他。他不肯接受。

白江非常欣賞像他這樣有骨氣的男人，放好鈔票後，立刻坐上梳妝台去敷脂抹粉。換好旗袍，白江含笑盈盈的對馮丁說：「你心情不好，我陪你到郊外去散散心。」

馮丁反正已經失業了，閒着無事，就挽着他的手臂，乘電梯而下。走出街口，白江邀馮丁上車，馮丁頗表詫異，問：

「新買的？」

白江搖搖頭，答：「一個朋友借給我用的。」

「誰？」

「你沒有見過，是個馬來亞的華僑。」

「一定很有錢了？」

「不錯，他家裏有幾千依葛的膠園。」

「你不是素來反對與有錢人來往的？」

「我不反對借用有錢人的車子。」

這樣，白江發動引擎，將車子駛往郊外去了。一路上，彼此默默無言。白江以為馮丁因失業而鬧情緒，殊不知馮丁卻在吃醋。打從兩人開始相識的那一天起，馮丁一直在懷疑白江的情感。他不相信一個像白江這樣美麗而又聰明的女人，會傻到連自己的最大資本也不懂得利用，現在，馮丁已經失業了，生活的無所依憑使他的自卑感愈發加重。在這種情形下，猜忌本已難免，再加上這個突如其來的馬來亞華僑，馮丁的激動當然不是完全沒有理由的。

車抵大埔時，忽然狂風大作，烏雲彷彿從平地冒起，轟雷掣電，眼看就要落雨了。

車抵容龍，大雨傾盆。

白江將車駛入「容龍別墅」，租了一個房間，沖過涼，吩咐僕歐端些酒菜來。

這是多麼羅曼蒂克的際遇：郊外，雷雨，容龍別墅的小房間，一個男和一個女，一瓶威士忌。

但是馮丁卻始終愁眉不展，打不起精神。

「你何必難過呢？看像你這樣有才幹的人，找一份工作，絕對不會有困難！來，來，今日有酒今日醉！」

說罷，白江親自替馮丁斟了一杯酒。馮丁沒有飲的興致，但是經不起白江一再的慫恿，終於仰起腮子，「骨嘟，骨嘟」的，將一滿杯威士忌飲光。

白江又替他斟了一杯。他瞪大了眼珠對黃澄澄的酒液看看，然後又仰起嘴子，「骨嘟，骨嘟」的將第二杯威士忌飲光。

白江見他飲得如此急，心裏有點害怕，楞着空杯，不敢再斟。這一次，馮丁竟伸手將酒瓶搶去了。白江勸他少喝些，他笑了，笑得十分歇斯底里。

天黑了，外邊狂風喧囂暴雨如注。那驚心動魄的雷響，使白江很自然地投入馮丁懷中。馮丁比陳亞九年輕，比陳亞九漂亮，比陳亞九風趣。

馮丁已有七分醉意；但是白江為了表示對他的愛意，終於任他擺佈了。……

晚上十點鐘，兩人從郊外回入市區。殘酷的現實又呈露在面前，短促的美夢悄然而逝。

馮丁依舊是個窮光蛋。白江駕的依舊是陳亞九的車子。

馮丁醉意半消，白江送他回家。當天晚上，她到「香濱酒樓」與陳亞九共進消夜。跳舞時，她說：「有個朋友病了，很可憐。」陳亞九一聽，當即開一張支票給她。

第二天早晨，白江到銀行裏將支票兌了現款。然後駕着陳亞九的車子，將陳亞九的錢，送與馮丁。

馮丁不肯接受。

白江說：「你目前環境差，當它是一筆借款吧，等你找到了工，再分期攤還給我。」

馮丁點點頭，收下款子。

從此，白江除了拍戲工作之外，將所有的時間全部分配與陳亞九和馮丁。陳亞九雖然喜歡白江；但是忙於做生意，空下來的時間不多。自然而然地，白江與馮丁接近的機會多了。

白江把愛情看得很神聖，最怕污穢的金錢使神聖的愛情變了質。白江對馮丁有的是憐憫；而亞九對白江倒付出了真摯的感情。為了表示自己感情的真摯，亞九對於白江的需求，從不拒絕。白江為了表示自己感情的真摯，常常拿了亞九的錢去接濟馮丁。

三個人都不喜歡將金錢與愛情聯在一起，但是他們的關係卻攪得如此微妙。

有一次，馮丁向白江提出了這樣的要求：

「給我五萬塊錢，我要開設一間咖啡館。」

白江猛發一怔，獃磕磕的楞着馮丁，隔了半晌才說：「五萬塊錢不是一個小數目。」

馮丁臉色刷的發青，撇撇嘴，說：「我知道這不是一個小數目，但是你也該替我想一想，我年紀已經不小了，總不能永遠吃人家的飯！」

白江緊蹙眉尖，無可奈何地對馮丁說：「我跟電影公司訂了五年的合約，每個月才祇有兩百塊港幣。」

「你可以去向朋友想想辦法。」

「朋友?除了一個陳亞九之外，還有誰?」

「一個陳亞九已經足夠了。」
「可是，他曾經幫助過我很多次。」
「這是最後一次，等我開了咖啡店之後，就不必再求助於他了。」
白江沉吟一下，說：「讓我仔細考慮考慮。」
「考慮甚麼？怕我騙了你的錢不成！」
「我不願意騙取他的錢。」
「如果你不愛他的話，就不算是欺騙了。世界上自願上鈎的男人，多得是！」
聽了這一番話，白江終於憬然悟出自己愛的是馮丁，不是亞九。她與亞九之間的關係，看來是全靠金錢來維繫的。
為了對馮丁表示自己感情的真摯，她終於鼓起勇氣向亞九開口了：
「如果你是真心愛我的話，再借五萬塊錢給我！」
不料，亞九竟搖搖頭，嗤鼻冷笑了：「對不起，這一次我不能幫助你了！」
白江大吃一驚，呆呆地望着他，很久很久，才嬌聲嗔氣地問：「為甚麼？是不是你早已變心了？」
亞九搖搖頭說：「我沒有變心，問題是你從未真心愛過我。」
白江瞪着兩隻滴溜溜的眼，極力將驚悖的心情壓下，問：「你這是甚麼意思？」

亞九正正臉色，眯着眼睛笑，很持重的，並不立刻發言，然後掏出煙盒，取出一枝，點上火，噴出一口煙，心平氣和地說：

「前兩天，我打從彌敦道經過，發現你將我的車子停在沈醫生的醫務所門口。我有點好奇，坐在對街的咖啡館裏等候，等你走出醫務所，我就付了茶賬，走去尋找沈醫生。我問他：『白小姐患的是甚麼病？』他不肯說。後來，我出錢買通了沈醫生的護士，一查診斷書，才知道你已經有了三個月的身孕。」

這一番言語，一句句鐫在白江的心板上，使她臉孔通紅，羞慚得無地容身了。她不是不想為自己分辯，但是事實擺在面前，縱欲詭辯，也已理屈詞窮了。亞九揭穿了她與馮丁間的隱情，心裏當然有些氣憤，不僅拒絕資助白江；抑將車子收回自用。

白江失去了亞九，並不後悔。

她還有馮丁和自己真摯的情感。

碰了這個釘子後，她需要精神上的慰藉。她將自己打扮得如同花朵一般，僱一輛的士，匆匆去找馮丁。

馮丁見了她，笑得非常可愛。

「你一定是給我帶來好消息了？」馮丁興奮地問。

白江點點頭，沮喪地說：「不錯，我給你帶來了好消息，不過，跟你預期的不同。」

馮丁莫名究竟，忙問：「我完全不明白你的意思？」

白江用手掠掠散在額前的鬢腳，嘆口氣，說：「陳亞九不肯幫助我了。」

「為甚麼？」

「因為他已經知道我與你的關係。」

馮丁若有所悟地「哦」了一聲後，略微一停頓，說：「既然如此，我祇好一輩子替別人做夥計了。」

白江當即堆上一臉笑容，嫵媚地，用一種低沉而充滿了磁力的語調說：「不要失望，我給你帶來了一個更好消息！」

馮丁眼睛一亮，興奮地問：「甚麼好消息？快講！」

白江故弄玄虛地抿嘴微笑，隔了半晌，才嗲聲嗲氣地說：「我已經有身孕了！」

馮丁驚惶萬狀，緊緊抓住她的手，問：「甚麼？你說甚麼已經有身孕了？」

白江問：「看你的樣子，好像並不高興。」

「高興？」馮丁歇斯底里地嚷起來：「讓我老實告訴你罷，我並不愛你，我愛的是你的錢！你失去了陳亞九，我就失去經濟上的靠山！你要知道，我早已結過婚了，妻子在澳門，育有二子三女。由於負擔太重，所以到香港來專以出賣愛情為生！」

（刊於一九六〇年四月二十四日《銀燈日報》）

年紀還輕

1

雙臂圓抱膝蓋，低着頭，陷入了無極的沉思。起先，她有意為「死水文社」的特刊寫一首新詩，想呀想的，詩句全部開小差，腦子空空洞洞，像隻大汽球。

蕙芳是「死水文社」的創辦人之一。「死水文社」的名稱是鄒立德題的。

鄒立德會寫新詩。鄒立德會寫小說。鄒立德會寫散文。鄒立德會寫短劇。鄒立德還會寫罵人的雜文。

——姐姐，電話！占美嚷。

趿着拖鞋，拉開房門，走入客廳，從占美手中接過電話聽筒，就聽到鄒立德用響得刺耳的聲音問：

——你的詩寫成沒有？

——沒有。

——特刊明天就截稿了。

——也許今晚會有靈感。

——今晚白潘在大會堂唱歌，祗有兩場，朋友讓給我兩張票子，你有興趣聽嗎？

——我不喜歡白潘。

——我也不喜歡，這是朋友臨時讓給我的票子，不好意思不接受。

掛斷電話，她想：要是貓王能夠到香港來演唱的話，即使票價一百元，也值得聽。

2

星期日早晨，父親寫了十幾張召租，親自拿了一瓶漿糊，將召租貼在街邊容易被人看見的地方。星期日下午，一個留着長髮的中年人走來租屋，對尾房極感滿意，付了一個月按金與一個月房租。

星期日晚上，這個中年人搬來了，祗有一張單人牀、一張寫字枱、一張大帆布椅、一張小帆布椅與一大批作畫的用具。他叫「畢加」，是一個畫家，與「畢加索」祗差一個字。

3

畢加有兩個特徵：頭髮很長，眼睛很大。蕙芳喜歡他的頭髮，說它具有濃厚的藝術意味。蕙芳更喜歡他的一對大眼睛，說它們是「智慧的燈籠」。這天晚上，她寫了一首新詩，題目就是：

《智慧的燈籠》，共有六行：

兩盞燈籠
和鏡子裏的驚詫接吻
太濃的彩色舞於畫布
生鏽的感情又逢酒盡
忽然征服慾望的縮形
神話誕生於午夜之金黃

這首詩寫得並不好，蕙芳自己倒喜歡。蕙芳總以為自己的性格上含有百分之九十二的詩人氣質，其實這是錯誤的估計。

4

蕙芳小時候最喜歡讀童話。現在，已經是個十六歲的大孩子了，對於童話的愛好，仍未減退。她常常將自己喻作睡美人，夢想有個王子走來將她吻醒。過去，她以為鄒立德就是那個來自遠方的王子；畢加搬來後，開始多了一個疑問。畢加是個有趣的人，當他不出街的時候，就將自己關在臥房裏，從不走到客廳裏來坐坐談談。據父親說：

——他是一個抽象畫家。

——在香港，抽象畫並不值錢。蕙芳說。

——這就是他的悲哀處。

——悲哀？

——為了生活，他必須到戲院裏去畫廣告。

——聽說畫廣告的收入也不錯。

——但是，他是一個畫家。

蕙芳獲得一個結論：詩與抽象畫是孿生子。詩用文字表現內在世界；抽象畫則用顏色表現同樣的題材。蕙芳喜歡寫詩。畢加喜歡作畫。蕙芳將畢加認作同路人。

5

畢加出街了。房門虛掩着。蕙芳很想看看他的作品。

推開門，一股太濃的油彩味，有如揭開蓋的陳酒一般，刺得她一連打了兩個噴嚏。

蕙芳雖然讀過A・布魯東的「超現實主義宣言」；但是對於抽象畫的理論卻毫無認識。當她見到那些一團糟的新派畫時，腦子裏就產生了一些疑問。

最使蕙芳困惑不解的：畢加在作畫時，除了油彩，還用了許多雜料。在一幅似人非人的抽象畫上，畢加不但灑了些沙粒在上面；而且還用膠水黏了幾撮黑色的毛在左上角。這些黑色的毛，使蕙芳想起畢加的頭髮。

蕙芳無法了解、接受、批評這些圖畫；不過，從這些畫的表現方式上，她知道畢加是一個具有獨特性格的傳統反叛者。他欣賞這種反叛精神，正因為她自己在寫詩的時候，也走反叛路線。

畢加可能是第二個趙無極，她想。

她將那首《智慧的燈籠》放在書桌上，用茶杯壓着。

6

——我很欣賞你的新詩，畢加對占美說。

——我不會寫詩。

——那末，這首詩是誰寫的？

察看筆跡，占美斷定是姐姐的傑作。

——請你告訴姐姐，畢加說，她會變成第二個雪脫維爾。

——誰是雪脫維爾？

——你這樣對她講就是了，她會了解的。

7

蕙芳開始對抽象畫發生興趣時，「死水文社」的特刊出版了。蕙芳的那首《智慧的燈籠》因為繳卷太遲，刊在一篇題目叫做《新詩的趨向》的文末。作為補白。這篇《新詩的趨向》是鄒立德寫的。在這篇論文中，鄒立德表示了對新詩的憂慮。他說：

——目前的新詩已顯著地出現了「普遍性的類似」現象，使關心新詩前途的人，對於這種現象的未能迅速消逝，不能沒有憂慮與焦灼。文學作品貴乎獨創，是每一個文學愛好者都明白的道理。現階段的新詩作者們，大部分都在努力製作內容與形式都十分類似的新詩，不但不會開花結菓；而且遲早會走到Dead End的。……

8

蕙芳的父親難得有四天假期，很想趁此痛痛快快玩一下。最初，他打算率領全家到澳門去看跑狗；同時坐一次剛從外國運來的「水翼船」；後來，因為蕙芳的母親反對，祇好作罷。蕙芳的母親說：

——去澳門而不賭錢，就一點意思也沒有了，但是賭錢是一件壞事情，不能誘導孩子們做壞事。

這樣，澳門之遊取消。

蕙芳的父親向朋友借了一輛車子，打算帶孩子到新界去兜一圈。新界有些地方是值得一遊的。對於這些節目的安排，蕙芳的父親已經緊張了好幾天，緊張得如同踩在熱鐵片上的野貓一般。但是臨到出發，蕙芳忽然推說頭痛，不願意到新界去了。

兩位老人家聳聳肩，祇好帶了占美離去。蕙芳一個人在家，閒着無聊，走去酒櫃，斟一杯拔蘭地，昂起脖子，骨嘟骨嘟，將酒一口喝盡。

她不是一個喜歡喝酒的人；尤其不習慣在早晨喝。

然後，回到臥房，更換衣服。

然後，躡手躡足地走到尾房門口，蜷曲食指，篤篤篤，輕叩三下。

——誰？畢加在房內問。

——是我，蕙芳。

房門「呀」的啟開。

畢加早已起身，正在作畫，右手拿着畫筆；左手拿着調色板。

——甚麼事？他問。

蕙芳不答話，逕自走了進去，身上穿着一襲大紅色的晨褸。

——他們都到新界去了，蕙芳說。

——你不去？

——我想請你替我寫生。

——寫生。

蕙芳走去靠牆的地方，用極其迅速的動作將晨褸脫下了。

出乎畢加意料之外，蕙芳除了一件晨褸外，身上再也沒有穿別的東西。

畢加是一個藝術家，卻沒有勇氣欣賞一個少女的胴體。

忙不迭地替蕙芳披上晨褸，畢加緊張得連汗珠也沁了出來，心在卜通卜通地亂跳，如同正在覓食的麻雀。

蕙芳嘟着嘴，生氣。

畢加脫下工作衣，換上西裝，拉開房門，低頭朝外急走。

蕙芳變成一匹脫韁的馬，疾步追上前去，用自己的身體攔住他的去路。

——怕甚麼？她問。

——我有點事，必須出去一次。

——除了我與你之外，家裏沒有第三個人。

——我有點事，必須出去一次。

——你不喜歡我？

——我有點事，必須出去一次。

（一個少女的慾望。）（一枚引線正在燃燒的炸彈。）

9

畢加替蕙芳畫了一幅肖像。蕙芳將它掛在臥室的牆上。蕙芳偕同鄒立德到「大會堂」圖書館去看書。蕙芳的母親見到這幅畫，嚇了一跳。蕙芳回來時，發現牆上那幅畫已不見，不由怒氣往上沖，說話時，頸脖上的青筋脹得如同蚯蚓般粗。阿媽見此情形，祇好將實情說出：

那幅畫，實在太恐怖了，眼睛長在額角上，嘴巴生在頭髮裏，半邊面孔是青色的；半邊面孔又紅得像初昇的太陽，可怕極了！

——這是畢先生替我畫的肖像！

——這是魔鬼的肖像！

——那幅畫呢？

——被我用剪刀剪爛了，早已擲入垃圾筒。

蕙芳怔住了。她的嘴唇開始微微抖動，用上排牙緊咬下唇，掙扎着去控制自己，結果還是嚐到了淚水的鹹味。

10

鄒立德寫了一封信給蕙芳，信上有這麼一句：「我的心已經被你竊去了。」

蕙芳寫了一封信給畢加，信上有這麼一句：「我的心已經被你竊去了。」

11

蕙芳喜歡看畢加作畫。占美也喜歡看畢加作畫。

有一天晚上，畢加在房內作畫，蕙芳與占美都坐在書架旁邊，看畢加將油彩塗在畫布上。

——這是甚麼東西？占美問。

——一對情侶，畢加答。

占美將頭側向右邊，又將頭側向左邊，眼睛睜大似銅鈴，橫看，豎看，看不出甚麼道理。

——一對情侶？他問。

——是的，一對情侶，畢加答。

——怎麼沒有人的？

畢加笑了，一邊笑，一邊將油彩塗在畫布上。占美越看越不是滋味，又認定畢加的笑聲含有濃厚的揶揄意味，臉一沉，不乾不淨的嘟噥了兩句：

——甚麼畫？小孩子畫的也比你像樣！

占美的冒失，立刻受到蕙芳的責備。他的話語，一個字像一枚釘，扔在蕙芳的心坎裏，又刺又痛。這些日子，為了對抽象畫有些認識，蕙芳曾經不止一次地走去「大會堂圖書館」翻閱有關抽象繪畫的理論文字。對於那些用顏色去表現內在世界的新派繪畫，多少已有些了解。特別是畢加索所追尋的「變」與「新」，以及他所製造的「不可信的形體」，已獲得初步的概念。因此，對畢加筆底下的「猙獰的油彩」，不但沒有惡感；抑且看到了一些新的東西。這些「新的東西」，構成了蕙芳對畢加欽羨的主要元素。在蕙芳的心目中，畢加將來的成就可能高於趙無極。唯其如此，當占美說出那兩句話後，她比畢加更生氣。她將占美趕出畢加的臥房。占美扳着撲克臉，走入客廳，又加重語氣嘟噥了兩句：

——甚麼畫？小孩子畫的也比他好！

當蕙芳與畢加單獨相處時，她就會說出許多如同蜜糖般的阿諛。蕙芳將書本上看到的那些名稱全部搬出來，諸如達達主義，立體主義，超現實主義，表現主義，未來主義，野獸派……等等，以示其興趣與畢加十分接近。

畢加一直在微笑。給占美奚落了兩句之後，臉上的笑容仍未消失。

這就是畢加的可愛處。

畢加與鄒立德不同。畢加雖然也不喜歡多講話，但是他有很長的頭髮與很大的眼睛。

鄒立德是典型的東方人，老鼠眼，塌鼻樑，厚嘴唇，臉上永遠木然無表情。

所以，當畢加搬來後，鄒立德的印象就「淡出」了。蕙芳今年十六歲，不算「大」；也不算「小」，屬於「尖」姑娘時代。對於男人，不論年齡相仿；或者年齡比她大得多的，都能引起她的好奇。她需要知道男人的感受、男人的思想、男人的喜惡、男人的行為、男人的邏輯。不過，她究竟祗是一個十六歲的女孩子，雖然聰明，卻缺乏分析的能力。

她祗有好奇。

畢加的抽象畫使她產生新鮮感；畢加的頭髮與眼睛也勾起了她的好奇。

她不知道自己究竟想從畢加處得到甚麼，只是為了滿足好奇，總像攀牆草似的，在畢加身邊纏來纏去。

畢加一直將她當作小女孩，倒也並不覺得討厭。可是，這天晚上，有個體態婀娜的女人來找畢加。

女人化了一個濃妝，看起來，像極了粵劇的花旦。蕙芳不喜歡看粵劇，所以也不喜歡「粵劇花旦型」的女人。

——為甚麼不打電話給我？

女人一進房門，就嗲聲嗲氣地責問畢加。

畢加聳聳肩，露了一個歉意的笑容。

——我要趕幾幅畫，他說，準備寄去巴西參加國際沙龍。

——陪我出去喝杯酒？女人問。

——對不起，我必須趕幾幅畫。

——如果你沒有喝酒的興趣，不如到「利舞台」去看電影。那部電影，據說精彩得很。

——對不起，我實在忙不過來。

女人乜斜着眼珠子對蕙芳一瞅，蕙芳坐在那張小帆布椅上，右手支撐着下巴，眼睛瞪得大大的，猶如一對桂圓。

——能不能請你的小朋友暫時離開一下？女人問。

畢加偏過臉去，牽牽嘴角，笑眯眯對蕙芳說：

——請你走去客廳坐一下。

蕙芳搖搖頭，油腔滑調地：

——我喜歡聽你們講話。

女人很生氣，臉色倏然發青，用命令式的口氣對畢加說：

——陪我到「金舫夜總會」去喝酒！

畢加第二次露了歉意的笑容，說：

——我必須趕幾幅畫，寄去巴西參加國際畫展。

蕙芳大笑，笑聲似箭，射在女人心坎裏，又刺又痛。女人怒不可遏，踩起高跟鞋，篤篤篤，朝外急走。

12

蕙芳：

幾次打電話給你，想約你出來談談，你總是找些不成其為理由的理由來拒絕我。我不明白你最近的態度為甚麼會一下子變得如此冷淡，但是，我相信不會沒有原因的。你一向坦白，希望你將這個「原因」坦白告訴我。你在這一期特刊上發表那首《智慧的燈籠》，因為交稿太遲，校大樣時，臨時抽起別人的作品，所以地位並不顯著。你會不會因此生我的氣？事實上，我個人倒覺得這首詩寫得不壞。過去，我總覺得你不適宜寫詩，讀了這首《智慧的燈籠》後，我不得不承認你是一個天才的詩人。我向來不說恭維話，希望你能夠接受我的讚美。

祝福！

鄒立德上

（P・S・九龍尖沙咀新開了一家咖啡店，全部西班牙情調，別致得很，你有興趣到那個地方去喝一杯咖啡嗎？明天下午四點左右，就打電話給你，希望你不要外出。）

13

畢加搬家了。

蕙芳從九龍回來時，發覺這件事，氣得雙目圓睜，問阿媽，阿媽說：

——藝術家的行為與思想都是不能捉摸的。

——他為甚麼不告訴我？

——這是兩個鐘頭之前才決定的事。

——他搬去甚麼地方？

——不知道。

蕙芳的視線突呈模糊，眼眶裏噙着晶瑩的淚水。她的感情被人刺了一刀，費了很大的勁，才將冒昇至喉嚨口的激動嚥了下去。

14

父親回來了，知道畢加搬走，立刻取出紅紙與筆墨，寫召租。

蕙芳獨自站在那間空落落的尾房裏，背靠牆壁，想從回憶中尋找繼續生存的意義。她不再流淚，因為她知道流淚是不能解決問題的。

有人輕叩房門。是占美。

——姐姐，你知道畢先生為甚麼會突然搬走？

蕙芳依舊目無所視地望着前面。占美走到她身邊，將嘴巴湊在她耳畔，低聲悄語地：

——今天下午，你跟鄒立德出去後，阿媽就打電話給畢先生，說你不在家。過了半個鐘頭，畢先生帶了兩個苦力來，將傢俬搬走了。看樣子，事情是早已講好了的。畢先生搬走時，阿媽不但將按金還給他，同時連這個月的房租也退還了。

蕙芳不說話，眼皮一闔，兩滴亮晶晶的淚珠猶如荷葉上的露水一般，沿着臉頰滑落。

15

鄒立德送了一本吳世昌的《紅樓夢探源》（英文本）給蕙芳，說是請「香港圖書中心」直接從英國定來的，花了六十三塊港幣。

——截至目前為止，這本書還沒有中文本，鄒立德說。吳世昌做文章時常常動意氣，不過，在這本《紅樓夢探源》裏，倒也有一些前人所沒有講過的東西。有空時，不妨看看。這是一本值得注意的新書，只是前面那篇「亞瑟・華萊」寫的序文，實在淺薄得很，騙騙外國人，還可以；我們看了，一點意思也沒有。

蕙芳接過這本厚厚的《紅樓夢探源》翻了翻，又交還給鄒立德：

——你留着自己看吧。

——蕙芳，你不是一直對紅樓夢考證很有興趣的？這本書雖然不能說是權威之作；但是它的作者的確有了一些新的發現；再說，此書沒有中文本；即是這本英文原版也不易在香港購得，還是留在你那裏，希望你有空時細心讀一遍。

——我心緒不寧。

——為甚麼？

——我也不知道。總之，心境沉重，悶懨懨的，甚麼興趣也沒有。

——這是很不好的現象，我替你耽憂。

16

蕙芳做了一個夢，夢見自己變成林黛玉，既葬花，又焚詩稿，悲傷之極，流了不少眼淚。醒來，半隻枕頭濕涔涔的。

17

「死水文社」召開會員大會，主要的問題是：籌募特刊的經費。特刊係非賣品，而且絕對不登廣告，有支出，並無收入，要是會員不肯掏腰包的話，祇好關門大吉。當鄒立德將這種情形向大家報告時，大家默然低頭，誰也不發言。鄒立德說：

——特刊，本身是有其存在價值的，尤其是在香港這個地方，文章已變成商品，我們必須設法保持這個園地。

大家依舊默然不語。

——我知道大家的經濟能力有限，鄒立德說，但是集腋成裘，積少成多，祇要有決心，這個特刊還是可以繼續維持下去的。

大家依舊默然不語。

18

鄒立德對「死水文社」變成「死水」，極表遺憾。當他與蕙芳走進附近一家茶餐廳時，眼圈紅了。

——蕙芳，我是不會灰心的，他說。從事嚴肅的文學工作，原是一種苦役。我是不會灰心的。雖然特刊已不能繼續出版；我將以三年的時間完成一部百萬字的長篇！

蕙芳低着頭，彷彿完全沒有聽到鄒立德的說話。她的腦子裏一直出現着那個頭髮很長，眼睛很大的畫家。

19

鄒立德心緒不寧；蕙芳也心緒不寧。

鄒立德想喝酒，蕙芳也想喝酒。

鄒立德想忘掉醜惡的現實；蕙芳也想忘掉醜惡的現實。

鄒立德提議到「夏蕙」夜總會去跳舞，蕙芳不反對。

蕙芳打了一個電話給阿媽，說是鄒立德請她到夜總會去跳舞，阿媽叫她早些回家。

20

有了三分醉意時，他們走入舞池去跳「阿哥哥」。蕙芳神志有點模糊，常常將鄒立德當作畢加。

蕙芳過去是「阿哥哥迷」；現在不喜歡跳舞了。回座後，向僕歐要了一杯拔蘭地。她不是一個善飲的人，今天晚上，她有喝酒的興致。

今天晚上，鄒立德喝酒的興致也不壞，因此，說了一些平時不敢說出口的話：

——蕙芳你是知道的，我父親對你的印象極好。昨天，我在閱讀威廉•福克納的《聲音與憤怒》時，他直率地向我表示，希望我能夠早日結婚。我雖然還沒有找到工作；但是我有自己的計劃。關於這一點，你不用擔心。

蕙芳沒有想到鄒立德會在這個時候說出這麼一番話的，頗感驚詫。

有人輕拍她肩。

回頭一看，竟是畢加。

蕙芳見到畢加時，如同觸電一般，怔住了。她以為自己在做夢。她以為這是幻覺。她以為自己喝醉了。

但是這不是夢。

蕙芳邀他坐下。他坐下了。蕙芳問他：

——跟誰一起來的？

——幾個愛好美術的朋友。

——能不能將你的地址告訴我。

——我住在尖沙咀，不過，那個房間太小，找到合適的房間，還要搬。

——希望你能夠將地址告訴我。

——等我找到適當的房間後，打電話給你。

蕙芳很生氣。但是她的眼睛有一種奇異的光芒，閃呀閃的，猶如正在風中跳躍的燭光。畢加笑了，笑容中含有濃厚的藝術意味。他站起身，回座之前，對蕙芳說了這麼一句：

——蕙芳，你年紀還輕，不應該喝這麼多的酒！

蕙芳更加生氣，對「年紀還輕」四個字，極表不滿。畢加離去時，笑聲嘹亮，充滿了活力，具有抑揚頓挫之妙。

鄒立德意猶未盡：

——我是一個獨生子，我父親年事已高，他希望我能夠早日結婚。

蕙芳兩眼直直地望着畢加，不知道鄒立德在講些甚麼。

21

讀晚報，看到了這樣一則新聞：

> **畢　加**
> **甄璐璐　結婚**
>
> **本港著名抽象畫家畢加，昨與甄璐璐小姐在大會堂婚姻註冊署舉行婚禮，當晚假英皇道百利酒樓設喜筵歡宴親友，婚後即飛星加坡度蜜月，到賀嘉賓百餘人。**

文末附有「一對新人儷影」，仔細一看，原來這位甄璐璐小姐正是上次走來責問畢加為何不打電話給他的那個女人。

蕙芳心似刀割。

仔細地重讀新聞的內容，逐個字研究，可是新聞的內容仍未改變。

22

——姐姐自殺了，姐姐自殺了！

占美推開房門時，就嗅到了殺蟲水的味道。蕙芳躺在牀上呻吟，口吐白沫，桌上有一封信，信是寫給父母的。一開始便是：「當你們讀到這封信時，我已經不在人世了」。占美看到這兩句話，不由大聲驚叫起來。

兩位老人家聽到喊聲，匆匆奔來。父親讀「遺書」時，手指發抖，母親見到地板上的殺蟲水瓶，哭得上氣不接下氣。

——快打九九九！蕙芳的母親嚷。

23

出院的第二天，鄒立德送了蕙芳一本書，是尚・保爾・沙特的《自由之路》。

蕙芳對文學已無興趣，腦子裏祇有很長的頭髮與一對很大的眼睛。

十一點鐘，有人按門鈴。阿媽到街市去了，占美已上學，家裏祇有蕙芳與鄒立德。

蕙芳走去應門，原來是一個中年男子。
——請問你們這裏是不是有房出租？
——是的。
蕙芳拉開大門，讓他進來時，發現這個中年男子有一頭鬈曲的頭髮與一對熠耀如寶石的眼睛。
——租金多少？中年男子問。
——一百七。
——一個月上期和一個月按金？
——是的。
這個中年男子一下子將房租與按金付清了。寫收據時，蕙芳問：
——貴姓？
——我姓區，我在夜總會彈吉他。
——甚麼時候搬來？
——今天下午。
蕙芳送他走出大門後，呆呆的站在門背。腦子不斷地出現鬈曲的頭髮與熠耀如寶石的眼睛。
鄒立德走過跟她講話，她完全沒有聽到。

父親，可恨的父親！

1

走出報館，夜已深。

唐沂沿着行人道，踽踽獨行。

有雨，雨微似煙，白茫茫的一片。遠近景物，無不模糊。所有的東西都是濕漉漉的。

在報館的時候，因為寫了幾則新聞，身心兩疲。此刻，在雨中行走，神志不免有點迷濛。街燈的光圈中，站着一個女人。

女人臉色蒼白，獃磕磕地站在那裏，神情呆滯，睜大眼睛望着唐沂，引起唐沂的好奇。

他望着她。

她望着他。

「差館在甚麼地方？」她問。

沒頭沒腦的一句問話，使唐沂愈感困惑。唐沂睜大眼睛對她仔細打量時，大吃一驚。這是一個年紀很輕的姑娘，十八九歲，一雙清亮的眼睛，筆挺的鼻樑，晰白的膚色。

她穿着一套淺藍色的衫褲。

衫褲上有血蹟。

唐沂問：「你身上有血！」

她笑了，笑容中並不含有喜悅的成分。

「請你送我到差館去。」她說。

唐沂心中頓起迷離之感，久久尋思，企圖根據自己的設想來判斷，卻不能獲得合乎邏輯的解釋。

這時，有一輛空的士駛來，唐沂揮手截停，讓少女先上車，然後進入車廂。約莫一刻鐘過後，他們抵達差館。

一位當值警員正在燈下閱讀文件，聽到腳步聲，抬起頭，問：

「甚麼事？」

女人態度鎮定，答話時，從容不迫，一點也不緊張。

「有個男人被人殺死了。」她說。

「你怎會知道？」警員問。

她微微一笑，幽幽地說了這麼一句：

「那個男人是我殺死的。」

2

警長與兩名警員，偕同那少女，坐上警車，逕往現場調查。唐沂也隨車同往。

那是一間石屋。

推門而入，果然見到地上躺着一具男的屍體。

屍體的上身穿着衣服；褲子已被剝去。

警長取出紀錄簿，一邊向女人提出詢問；一邊將她的答話記錄下來。

「姓甚麼？」

「姓麥。」

「叫甚麼名字？」

「萍萍。」

「今年幾歲？」

「十八。」

「這個男人是你殺死的？」

「不錯。」

「這個男人姓甚麼？叫甚麼名字？」

「不知道。」

「不知道？」

「我不認識他。」

「甚麼？你不認識他？」

「以前從未見過。」

「既然從未見過，為甚麼將他殺死？」

「我也不知道。」

警長皺緊眉頭，圓睜雙目，對萍萍凝視一陣，企圖從她的臉上找到一點線索。由於萍萍的回答不合情理，使警長對她的誠實有了懷疑。經過一番噤默後，警長粗聲粗氣說：

「將經過情形講出來！」

3

事情是這樣的：

死者是一個劏刀磨絞剪的人，走到石屋門口，問萍萍：要不要劏刀？要不要磨絞剪？

萍萍叫他到後邊去問她的母親。

那人去了進來，朝房門口走去。當他走到房門口時，他問：

「要不要剷刀?·要不要磨絞剪?·」

這時候,萍萍傴僂着背,拾起一根鐵條,站在那人背後,狂笑。

那人聽到笑聲,轉過身來,問萍萍為甚麼笑成這個樣子。萍萍舉起鐵條,出其不意,在他頭上重重一擊。他暈倒在地,好像已死去,但胸部仍在一起一伏。然後,一種無法理喻的衝動使萍萍做了一件難於解釋的事情。

萍萍走去廚房,拿出一把菜刀出來,將那人斬死。

事情發生在下午。她殺了人,卻不知道應該怎樣做才對。

在一隻竹椅上坐了幾個鐘頭,獃磕磕的,老是睜大眼睛望着那個死人,將他當作藝術品來欣賞。

4

夜深時,有微雨。她冒雨走去大街,決定報警,卻不知道警署在甚麼地方。

唐沂適於此時走來,見她身上有血,知道事情不平常,接受她的要求,送她到警署。

警長聽了麥萍萍的敘述,總覺得事情不合情理,沉吟片刻,問:

「住在這裏?·」

「是的。」

「家裏還有甚麼人？」

她不答。

「你的母親呢？」警長問。

「死了！」她答。

警長、唐沂與兩位警員聽了這話，同時吃了一驚。警長問：

「剛才，講述事情的經過時，你說你的母親在後邊？」

萍萍笑得有點歇斯底里。

警長問：「你的父親呢？」

萍萍聽了這話，臉上頓時轉換一個表情，咬牙切齒，將話語從齒縫中講出：

「他要是有膽回來的話，非將他殺死不可！」

5

唐沂趕回報館，將事情講給總編輯聽。總編輯聽了，看看掛在牆壁上的電鐘，說：

「還來得及！趕快寫出去！我到排字房去將剛才發的頭條抽起！你知道嗎？時間已不早，大可能成為獨有新聞！」

總編輯疾步走去排字房。

唐沂坐在寫字枱前，提筆疾書。

6

第二天上午，當他還在睡夢中的時候，電話鈴響了。電話是總編輯打來的。總編輯用興奮的口氣對他說：

「你建了一大功！昨晚你寫的那條新聞，祇有我們一家有，其他的報紙沒有一家刊登！社長剛才打電話給我，問我這條新聞是誰寫的；我說是你寫的，他對你稱讚不已，要你繼續採訪，將進一步的發展寫出來。」

收線。

唐沂一骨碌翻身下牀，匆匆盥漱，稍為吃些東西，趕去萍萍住的地方。他是一個有經驗的記者，懂得尋覓採訪的途徑。

石屋的門緊閉着。唐沂從窗外向裏張望，裏邊靜悄悄的，一個人也沒有。

為了對麥家的情況獲得進一步的了解，唐沂走去鄰近一間石屋，向麥家的鄰人詢問。

那是一個膚色黝黑的老頭子，坐在門口的竹椅上，正在吸竹煙筒。唐沂將自己的身份告訴他，要求他講一些有關麥家的事情給他聽。

老頭子很健談，知道唐沂是個新聞記者，將麥家的事情一五一十講出來。

從老頭子的嘴裏，唐沂對麥萍萍的家庭情況終於獲得進一步的了解。麥萍萍的母親，鄰近的人都稱她「超嫂」，是個性格溫和的女人，勤力做事，從無怨言，縱然受盡委屈，也能逆來順受。麥萍萍的父親，人稱「牛精超」，恰好相反，是個性格非常暴躁的傢伙，稍不為意，就會大發脾氣。萍萍從小在恐懼與驚惶中過日子，變得非常孤僻，她沒有兄弟姐妹，所以很寂寞。對於一個毫無反抗能力的女孩子，寂寞使她的精神失去平衡。

「萍萍是個精神病患者？」唐沂問。

「很難講」老頭子答。

「這話甚麼意思？」

「有時，很正常；有時，就不大正常了。」

「這是怎麼一回事？」

「依我看來，可能因為得不到父愛。」

「她不喜歡她的父親？」

「她常常對我們說：父親血裏流的是水！」

「她與她的母親怎麼樣？」

「很好。」

「能夠得到母愛，仍是快樂的。」

「但是，牛精超總是設法阻止她與母親接近。」

「牛精超是怎樣一個人？」

「喜歡喝酒。喜歡縱聲大笑。喜歡打人。喜歡尋花問柳。」

「萍萍與她父親的關係怎會弄得這樣不好？」唐沂問。

老頭子一味吸竹煙筒，不答。唐沂當即加上這麼幾句：

「昨天晚上，萍萍在差館的時候曾經對警方說過這樣的話：『如果他有膽走回來的話，非將他殺死不可！』根據這一點，我們知道她是非常憎恨牛精超的。」

老頭子點點頭，將話語與煙靄一同吐出：

「不錯，萍萍恨透她的父親。」

「為甚麼？」

老頭子又吸了幾口煙，說出這麼一件往事：

萍萍小時候，牛精超常常在外邊過夜。有一天晚上，大雨滂沱，牛精超冒雨歸來，渾身濕漉漉的。他吩咐萍萍去買酒。萍萍不願意去，因為沒有雨褸；也沒有傘。牛精超聽了她的話，不由勃然大怒，舉手摑了她一巴掌，將她推出門外。萍萍被推出大門後，祇好冒雨出街。她在外邊做些甚麼，沒有人知道。當她回家時，牛精超問：「酒呢？」萍萍縱聲大笑。牛精超摑她一巴掌，她不笑了。牛精超問：「酒呢？」她答：「給我喝掉了！」牛精超怒不可遏，舉起雞毛帚，咬緊牙關，拚命抽撻她。她不哭，也不叫，用上排牙緊咬下唇，不讓眼淚流出。當超嫂從廚房急急趕來時，奪去牛精超手中的雞毛帚，萍萍才「哇」的放聲大哭。

這是很久以前發生的事。

老頭子說出這樁舊事後，深深嘆口氣，低下頭去，吸煙。經過片刻的沉默後，唐沂問：

「後來怎樣？」

「萍萍病了。」

「淋了雨，當然會病倒的。」

「起先，大家以為萍萍淋了雨，患了感冒；後來，才知道事情並不這樣簡單。」

「怎麼樣？」

「有人說她患了神經病。」

「神經病？」

「情形並不十分嚴重，祇是在應該笑的時候不笑；不應該笑的時候，卻縱聲大笑。在應該哭的時候，不哭；不應該哭的時候，卻放聲大哭。總之，在雨中淋了一場後，她變成一個喜怒無常的女孩子，精神有點混亂。」

談到這裏，老頭子又低下頭去吸煙。唐沂望望這位滿臉皺紋的老人家；然後轉過臉去望望那間石屋，頓時被一陣近似悲泣的感覺痛苦着。萍萍是個殺人疑犯，但是，聽了老頭子的話語後，唐沂不能不對她寄予無限的同情。

「超嫂已不在人世?」唐沂問。

老頭子點點頭。

「她患了甚麼病?」唐沂問。

「沒有甚麼嚴重的病症，醫生說是積鬱不散，」老頭子答。

「積鬱不散，不會致命的。」

「牛精超在外邊弄了一個女人，索性不回來了。超嫂鬱鬱寡歡，茶飯不思;日子一久，積鬱成疾，吃藥打針都不見效，就這樣死去了。」

「所以，」唐沂說，「萍萍恨透了她的父親!」

「一點也不錯。」老頭子點點頭。

7

萍萍的案子，受到廣泛的注意。各報的銷數都因此案的發生而增加，尤其是唐沂服務的那一家報紙，因為首先報導此案，銷數增得最快。報館當局特別重視這樁新聞，要唐沂走去訪問牛精超。

唐沂不知道牛精超住在甚麼地方。

走去向老頭子詢問。老頭子怕事，不肯講。唐沂買了幾條香煙送給他。

「好的，」他說，「不過，千萬不要讓牛精超知道是我講給你聽的。」

「絕對不講！」唐沂舉起右手，作宣誓狀。

8

牛精超見到唐沂，直眉瞪眼，擺出一面孔不好惹的神氣。他是一個粗人，濃眉、大眼、酒糟鼻、滿口金牙、膚色黧黑。唐沂面對他的時候，第一個侵入他腦海的思念是：「萍萍一定像她的母親。」

唐沂用極其溫和的口氣向他說出自己的身份與來意時，他才改變態度，請他進入客廳去坐。進入客廳，唐沂見桌面放着酒菜，才知道牛精超正在喝酒。

他斟了一杯酒給唐沂，邀唐沂共飲。

牛精超呷了一口酒後，說：「這真是意想不到的，萍萍竟會做出這種事情！」

當他講話時，神情安詳，顯然沒有為了這突發的事情感到不安。這一點，使唐沂在詫異中必須求取問題的解答。

「不久就要開審了。」唐沂說。

牛精超昂起頭，骨嘟骨嘟，連喝幾口酒。這個動作顯示他對酒的興趣較萍萍的案子更濃。唐沂再一次開口時，將嗓子稍微提高一些：

「依你看來，她會贏得陪審員的同情嗎？」

「她不是殺了人嗎？」

「聽說她有點不正常。」

「這是另外一件事。」

「她可能會贏得陪審員的同情。」

「陪審員決不會同情犯人的。」

「你呢？」

「我一向對她沒有好感。」

「我倒覺得她相當正常。」

「你有多久沒有見到她了？」

「已有相當時日。」

「她孤單單的一個人，靠甚麼來維持生活？」

「聽說她以洗熨所得度日。」

「她的母親在世時，萍萍也做這種工作？」

「不錯。」

「這些日子，難道你一點也不想她？」

「有時候，也會想的。」

「既然這樣，為甚麼不去看她？」

「沒有必要。」

「她是你的女兒。」

「問題就在這裏——」牛精超圓睜雙目，透口氣，昂起脖子，骨嘟骨嘟，喝了好幾口，將酒杯重重放在桌面，咬緊牙關，將說話從齒縫中說出：

「她不是我的親生女兒！」

這句話，猶如晴天霹靂，使唐沂發了一怔。

「這是怎麼一回事？」唐沂問。

牛精超牽牽嘴角露了一個似笑非笑的表情。「這件事，」他壓低嗓子說，「別人是不知道的。不過，你是新聞記者，萍萍又殺了人，我也不願意再守這個秘密了。事到如今，讓大家知道實際真相，也是好的，免得引起誤會。」說到這裏，舉起酒杯，喝了一大口，拿幾粒花生放在嘴裏，邊嚼邊說，「萍萍的母親曾經做過工廠妹，因為薄具姿色，給工頭灌醉後姦污了。……萍萍就是那個工頭的女兒。」

「那時候，你在甚麼地方？」

「我在澳門做工。」

「你怎會知道這件事？」

「我在澳門住了一個相當長的時期，去的時候，家裏祇有萍萍的母親一個人；回來就發現她已有身孕。我很生氣，責她不該做出這種事情，她哭得死去活來，終於將這件事坦白說出。我一氣之下，開始喝酒、玩女人。」

「所以，你不喜歡萍萍？」

「萍萍也不見得喜歡我。」

後房走出一個骨瘦似柴的女人，手中端了兩盤菜，很有禮貌地問唐沂：

「先生，在我們這裏吃便飯吧？」

唐沂搖搖頭，露了一個歉意的微笑。他猜想這個女人就是牛精超的太太。牛精超對她說：

「這位是新聞記者，到這裏來打聽萍萍的消息。」

「聽說萍萍殺了人，為甚麼？」她問唐沂。

「警方懷疑她有嚴重的精神病。」

說着站起，向他們告辭。牛精超夫婦要吃飯了，他不便久留。事實上，牛精超已說出秘密，使他可以用這些材料寫一篇精采的特寫。

牛精超送唐沂到門口。

分手時，他忽然拉住唐沂的手，用蚊叫般的聲音對他說：

「還有一件事，應該告訴你的。」

「甚麼？」

「那個姦污萍萍母親的工頭……」

「怎麼樣？」

「他在六七年前就死了。」

「這是怎麼一回事？」

「那傢伙與別人打架時，將對方打死，被送精神病院，趁人不備，咬破脈管……」

9

萍萍的案子開審時，全港報紙都以大字標題去報導這件事。萍萍在答覆主控官的問話時，作了一個驚人的答覆。

主控官問：「你為甚麼殺死絞剪佬？」

萍萍的回答是：「因為那個絞剪佬長得與牛精超十分相似！」

（刊於一九七七年二月《香港70 STYLE》）

緣

1

設想你在巴士上遇到一個女人。這個女人你從未見過。她很美，美得令人蝕骨銷魂。你震懾於那種奪人的美艷，凝視她，內心有一種說不出的感覺，不像希望，也不像失望；不像喜悅，也不像悲哀。然後巴士停了，她款款站起，你目送她下車，在無限依依中，仍希望有一天會再遇見她。

朋友，你有過這樣的經驗嗎？

我倒有過的。

下面便是我的故事：

那是一個初夏的夜晚，我搭乘巴士到北角去。夜已深，車廂裏的乘客不多，直到開車，不足十個人。

車抵堅道，忽然傳來一陣馥郁的脂粉香，一個濃妝艷服的少婦，嬝嬝婷婷地走上車來。

她像一朵花，一朵開得灼灼明艷的牡丹花。

瓜子臉，高鼻樑，短髮，一對寶光燦爛的耳墜子，冷靜，矜持，紅菱似的小嘴，千嬌百媚的黑眸子，雖非天使，卻有着天使般的神氣。

美麗使我的呼吸失去應有均勻，我屏息凝神地望着她。

她察覺到我的注視，橫波低垂，不敢對我正視，偶爾偷偷的一瞥，迅即閃閃睫毛，驕傲地昂起頭來。

說驕傲，一點也不誇張。她似乎是神聖不可侵犯的。

我無法用筆墨來描摹她的美麗，不過，她給我的「第一感」，已遠超我理想中的美人。

我望着她，將她當作藝術品來欣賞。

就在這時，她忽然偏過臉來，對我怡然一笑。我感到不安，彷彿我的想法已全部給她看穿。

我低下頭。

當我再一次舉目看她時，她已下車。

希望變成虛妄，我若有所失。

我後悔；卻不知道悔些甚麼。

我憎恨；卻不知道恨些甚麼。

夏夜是甜蜜的，幽美而恬靜。仰首觀天，繁星歷亂。

一切都是和諧的；安祥的；祗有我的心，竟進入交戰狀態。

這一晚，我失眠了。

我的腦海中祇有一朵花，一朵開得灼灼明艷的花。

2

第二天是星期日，一清早，朋友打電話來，邀我到沙田去玩玩。我精神不濟，不想去。但是，過不了二十分鐘，朋友已駕車來接我了。

車廂裏四個朋友。當車子朝着沙田駛去時，大家有說有笑，興致特別高。

祇有我懶洋洋的，口也懶得開。

我在想着那個巴士上的女人。

「匆匆的一瞥」，我心裏暗忖，「竟好像給我的一生加上了一層特藝彩色。我未必能夠再見到她，即使見到，也不會有甚麼發展；但是單憑這匆匆的一瞥，我竟會日以繼夜地想着她，想得心神不屬，實在是一件不可思議的事情。」

車抵沙田，大家感到口渴，先到「沙田酒店」去喝茶。

喝過茶，到海邊去攝影。

我揀了一塊大石頭，倚石而坐，仍在刻骨銘心地想着她：

「為甚麼要讓我看見她？為甚麼不讓我再見她？我不是一個輕浮的男人，為甚麼見了她就會心神搖曳不定？」

很困擾。

竭力想擺脫這些困擾，結果更壞。這個女人的美麗，有如蠱毒一般，使我失魂落魄。

陽光極明媚，景色宜人，雲彩分外多姿，天色藍像剛剛洗過的一樣。這是遊山玩水的好天氣，大家嘻嘻哈哈的，祗有我，心境非常空虛。

中年時分，大家到「沙田畫舫」去吃飯。

有人建議飯後到「容龍」去，我推說頭痛，獨自一人搭乘火車回市區。

回到尖沙咀，我搭乘渡輪。

因為是星期日，渡輪上搭客比平時少得多。我坐在煙室裏，燃上一枝煙，沉思，神往在煙靄的繚繞中，好像在做夢。

忽然傳來一串銀鈴似的笑聲。

抬頭一看。

這是不可能的。這是一個奇蹟。然而這是事實。

她坐在靠窗的座位上。

綠旗袍，綠手袋，綠色的耳環，綠色的高踭鞋。

很美，美若天仙。

我的心突突的往上撞，情緒緊張，有一種難言的激動，渾身發熱。

站起身，挪開腳步，轉換一個與她相對的座位。我掏出一枝香煙，點火。

她身旁坐着一個年輕男人。那男子很瀟灑；又很英俊。

我有點妒忌——雖然這種嫉妒是一種感情的浪費。

海風相當大。她一邊用手將散亂的額前的頭髮掠順；一邊轉動清澄無邪的黑眸子，對我一瞟，先是微驚；然後露了一個淺若海鷗點水的微笑。

緊張，制不住怔忡。我極想走過去跟她攀談，卻缺乏勇氣。

正在躊躇不決間，渡輪已駛抵「天星碼頭」。

乘客們紛紛經由跳板，像潮水般湧出碼頭。我緊緊跟在她背後，跟她走出碼頭，跟她走過干諾道，跟她走過德輔道……

她與她的男伴走入「美心」。

我也走進「美心」，揀了一個可以望到她而沒有東西阻住我視線的座位。

當她見到我時，她瞪大眼睛向我凝視。我有點窘迫，因為她已知道我在跟蹤她。

當我也斜着眼珠子看她時，總覺得這是一種偷窺行為。

侍者端橙汁給她。她沒有喝，就催請她的男伴付賬。付過賬後，霍的站起，低着頭向外急走。

我立即付賬。

走到門外，遊目四矚，找不到她的影蹤。我失去第二個機會。

3

從此，每一次搭乘巴士與渡輪時，我總是仔細察看所有的乘客，希望能夠再遇見她。

我相信我會遲早與她見面的。

不知道這份信心來自何處；但是，我終於又遇見她了。

那是半個月以後的事了。有一天，我到「豪華戲院」去看七點半的電影，觀眾很多，我走進去，她走出來，僅僅是半分鐘的時間，她就翩若驚鴻地消失在人堆中。她身旁有個男伴，但不是我在渡輪上見的那一個。

我的情緒更加不安定了：一方面似癡似醉地迷着她；一方面對她的身份不免有所猜測。截至那時為止，先後見過她三次：第一次，她獨自一個人，深夜搭乘巴士，不知道從何處來，到何處去。第二次，在渡輪上，她有一個男友作伴。第三次，在「豪華戲院」，她有另外一個男人作伴，她究竟是幹甚麼的？交際花？舞女？抑或歌女？

這些問題久久困着我，使我的情緒無法寧靜。第四次和她見面時，我獲得了解答。

那是一個同事的生日派對。

狂風呼呼，大雨似注，熱帶風暴正在猛襲香港。我本來無意參加這個派對的；但經不起同事們的一再慫恿，也就去了。我想拿七分寂寞交換三分熱鬧。

派對在家裏舉行，雖然大風大雨，來賓倒也不少。主人為了增加賀客們的興趣，還請了一班樂隊來演奏舞曲。

樂聲悠揚，燈光黝暗，紳士淑女們無不盛妝艷服，或婆娑，或飲酒，或談笑，各自尋找快樂，互遞嬉笑。

雖然處在這熱鬧的場合，我的情感是灰色的。

有人端了一杯威士忌給我。

我站在角隅處閒着，百無聊賴。

三杯下肚，依舊十分納悶。

「有火柴嗎？」

回頭一看，竟是她。

我怔住了，震懾於她的美麗，心情緊張，手足無措。她對我微笑着，笑得很媚，她的纖細的手指間夾着一枝粉紅色的「蘇勃雷尼雞尾煙」。

「有火柴嗎？」她追問一句。

我才如夢初醒地掏出打火機，替她點火。她深吸一口，略一凝眸，用迷人的嗓音問我：「想不到你也來了？」

「派對主人是我的同事。」

她橫波低垂：「他是我的表哥。」說着，從女傭托的盤子裏拿兩杯威士忌遞一杯給我，然後，舉杯祝我幸福。

將酒一口飲盡，放下酒杯。她問我：「為甚麼不跳舞？」

「沒有合適的舞伴。」

「怎麼樣的舞伴才合適？」

「像你。」

她明艷的笑了笑，用眼波代表言語，安詳地伸出手，拉我走入舞池。

樂隊正在演奏「河月」，一支動聽的曲子。她問我：「喜歡不喜歡跳舞？」

我說：「如果有你這樣的舞伴，我就喜歡。」

她笑不可仰。

稍過些時，我問他：「一個人來？」

她指指舞池旁邊的一位老年人說：「我是跟他一起來的。」

我問：「你的男朋友？」

她神秘莫測地搖搖頭。

我說：「連今天在內，我已見過你四次。」

她點點頭。

「但是，」我繼續說下去，「在這四次中，我發現你有三個男伴。」

她咯咯作笑：「你似乎對我的行動很注意。」

「我曾經為你有過幾夜痛苦的失眠。」

她用略帶一點調侃的口吻問我：「真的這麼嚴重？」

「照說，我是沒有理由為你而失眠的，但事實上，自從第一次見到你後，就無法壓制自己的情緒。」

「但是我並不認識你？」

「我有一種沒有根據的信心：終有一天會認識你的。」

「現在，你終於認識我了。」

「我很高興。」

一曲終了，我挽着她的手臂走向酒櫃。

她的酒量很好，一連喝了三四杯。

舞會將近結束時，她說她要回去了。我要送她回家，她搖搖頭。

我問：「明天有空嗎？」

她點點頭，帶我走到那個老年人面前。她用俏皮的語氣給我介紹：「這是我的老情人——我的爸爸。」接着，她告訴我，在輪渡上的那個男友是她的大哥；在戲院門口見到的那個男友是她的二哥。

4

現在，我與她結合已有三年。我們有兩個孩子，一男一女。我們的感情很融洽；但是，每一次坐巴士的時候，她絕對不許我注視漂亮的女人。

（刊於一九七四年八月三十日出版的《新風》創刊號）

求學

1

飛機在三千多呎高空飛行，女侍應生說：「就要在東京機場降落了。」我對東京雖有好奇，仍在懷念香港。說起來，你也許不相信；然而事實確是這樣：離開香港只不過幾個鐘頭，我開始懷念它了。——香港，這座罐頭沙甸魚式的城市，當你每天生活在裏邊時，你不會覺得它有甚麼好處；當你離開它之後，就會發現它的好處實在太多。明信片不能多寫，就此打住。

2

這是我寄給你的第二張明信片。我已安抵溫哥華。學校在溫哥華島。詳情容後續報。

3

剛開學，需要做的事情特別多。宿舍的房間很小，使我感到意外。當我未來加拿大前，別人常常對我說：「加拿大地大人少，空間並不像香港那樣寶貴。」但是，這家學校的宿舍竟像一隻大鴿籠。我那個房間不足一百呎，與兩個加拿大同學住在一起，轉身的餘地也沒有，令人產生螺絲殼裏做道場的感覺。那兩個加拿大同學常用鄙夷不屑的目光看我，話也不願跟我講。這種態度，相信與皮膚的顏色有關。此間的物價貴得離譜，一套校服的價錢竟在香港幣一千左右。此外，天氣也是一個問題。現在是九月，在香港依舊熱得非穿夏威夷恤不可；在這裏，卻冷得要穿棉衣了。我們的校服是灰色的，式樣不錯，只是不夠厚。——情緒不好，過幾天再寫信給你。

4

每晚失眠。宿舍熄燈後，同房的兩個加拿大同學扯如雷的鼾聲時，我總是睜大眼睛望着天花板。想起「大會堂」的音樂會，想起渡海小輪，想起大牌檔吃消夜，想起香港仔的海鮮艇，想起纜車，想起沙田與元朗，心裏說不出多麼的不舒坦。有時候，我真想提着皮箱走去飛機場，買一張飛機票，即日回港。以前，當我在香港時，我常常說：「這種日子實在太寂寞了。」其實，那時候的我，並不了解寂寞是怎麼一回事。現在，我相信我已明白「寂寞」的含義。

5

接到你的來信，使我高興得叫了起來。同學們個個圓睜雙目，對我投以詢問的凝視。我說：「這是我來加後收到香港的第一封信！」信內有幾幀照片，是我離港前與你在「皇后像廣場」攝的。幾個同學將我團團圍住，吵着要看這些照片。他們沒有到過香港；也沒有看過香港的圖片。當他們見到照片中的你，他們問：「怎麼沒有辮子的？」此外，當他們見到照片的匯豐銀行時，他們說：「我們以為整個香港是一個偌大的木屋區，想不到它竟是這樣一座現代化的城市！」聽了這些話，我只好聳聳肩，笑笑。……前兩封信上，我告訴你：由於膚色不同，那些加拿大同學常用鄙夷不屑的目光看我。現在，這種情形已逐漸消失。有些同學對我相當友善。我最初的看法顯然是錯誤的。我不再自卑。明天，我將到體育館去打籃球。你一定還記得：我在香港時，除了彈吉他，就是喜歡打籃球。

6

功課太忙，幾乎一個月沒有寫信給你。非常抱歉。在過去的一個月中，各科已做過兩次測驗。加拿大學校的測驗特別多。在香港的時候，常常聽別人說：「到外國去讀書很舒服。」現在，事實證明這種看法並不正確。……你怎麼樣？還是像過去那樣喜歡看電影？上星期六，學校放映「新羅米歐與朱麗葉」。這部電影，我在香港時就看過了。香港的氣候有沒有轉冷？這裏可冷得厲害。聽別人說：「聖誕節後就會落雪。」到那時，不知道怎樣過日子了。我是在香港出世的，活到這麼大，還沒有見過雪。我雖有好奇；想到嚴寒的氣候時，不能不害怕。下星期六，學校舉行「萬聖節化裝舞會」。加拿大人重視「萬聖節」和我們重視「中秋節」一樣。在下一封信裏，我會告訴你：參加「萬聖節」的經過情形。

7

在「萬聖節化裝舞會」上，我結識了一個女人。她叫「珍妮・瑪賽」，加拿大人，是女校的學生。事情是這樣的：生物學老師知道我會彈吉他，硬要拉我上台去唱歌，我唱了一首歌，學貓王的，唱得並不好，居然贏得如雷的掌聲。我的臉頰登時起了一陣熱辣辣的感覺，忙不迭走下來。這時，有個女人含笑盈盈走到我面前。「你是從香港來的？」她問。我點點頭。她笑得眼睛眯成一條縫：「你唱得很好。」「唱得一點也不好，請指教。」「我認為你很有音樂天才。」「謝謝你的讚美。」「跳舞？」我跟隨她下舞池。跳靈魂舞時，她的舞姿美到極點。然後我們一同去喝酒。她向我提出許多有關香港的問題。我不厭其詳答覆她。看來，她對香港很感興趣。

8

上封信提到的珍妮瑪賽對香港的確很有興趣。星期日，她約我到「維多利亞」城費斯加特街的「唐米酒家」去吃中國菜。來到加拿大已有不少日子，到酒家去吃中國菜，還是第一次。「唐米酒家」位於「維多利亞」城的唐人街，不但佈置得古色古香；而且菜餚也好。使我感到意外的，我竟在這酒家吃到了咕嚕肉、魚翅、豉油雞與乳鴿。正因為這樣，我對珍妮瑪賽更有好感。但在回校的途中，她終於說出了她的目的：她要我寫信給香港的親友，替她買些東西。我知道我表錯情了。

9

病了兩天，大概是水土不服。校醫要我吃瀉藥。我是最怕吃瀉藥的。現在，體力仍弱，連筆也不想抓。寫這張明信片給你，只想告訴你這件事。

10

在體育館打籃球時，結識一個中國女學生。她也是從香港來的，姓陸，名叫蓓蒂。她長得很美。我打過籃球後陪她在校園散步。她說她很懷念香港。我說我也很懷念香港。我們坐在大樹下的石櫈上，談論有關香港的種種，企圖從回憶中捕捉失去的甜蜜。這種心情，相信你是不會了解的。事實上，像我與蓓蒂那樣走來加拿大求學的人，離開香港的時日越久，越懷念香港。蓓蒂很喜歡吃鹵味。當我們談到燒鵝與乳豬時，差點沒流了口水。蓓蒂不但很有風趣，而且相當熱情。雖然第一天相識，由於大家都是從香港來的學生，談得投機，就相處得像多年老友一般。蓓蒂問我：「半學期假日到甚麼地方去？」我的回答是：「想到溫哥華去玩四天。」

11

剛從溫哥華回到學校。我們的學校在溫哥華島。四天的假期給我許多甜蜜的回憶。當我在溫哥華度假時，陸蓓蒂也偕同幾個女同學到溫哥華去度假。我與蓓蒂幾乎每天都在一起。我們參觀不列顛哥倫比亞大學。我們到士丹利公園去看白熊。我們到唐人街去喝早茶。我們走去參觀著名的獅門橋。我們到吉茨蘭諾海灘去散步。我的心情非常愉快。蓓蒂是個非常可愛的女孩子。與她在一起，再也不會感到空虛。

12

昨夜落雪。我懷着好奇站在窗邊觀看。這是初雪，在空中飄舞時，像白色的羽毛；一着地就化為水了。我從未見過真雪，這是生平第一次。在我想像中，一落雪就會出現聖誕卡上的景象。因此，見到這種情形，不免有點失望。問同學，才知道初雪總是這樣的。蓓蒂打電話來，興奮地對我說：「落雪了！」我說：「落大雪時，我們到校園裏去堆雪人。」她問：「你有雪茄嗎？」我吃了一驚：「雪茄？要雪茄作甚麼用？」她笑了，邊笑邊答，「堆好雪人後，將雪茄塞在它的嘴裏。」

13

這幾天，每天都下雪。很冷。在室內，因為有暖氣，還不覺得甚麼；走到外邊，那就難受了。落大雪的第一天，我與蓓蒂一同走去校園堆雪人。我還帶了一枝雪茄與一把掃帚去。雪人堆好後，覺得相當有趣。對蓓蒂與我，這是一種新鮮的經驗。可是，大雪下個不停，地面的積雪約有一呎厚，氣候越來越冷，大家都不想到室外去喝北風了。……蓓蒂在宿舍裏，正好溫習功課。再過幾天，就要大考了。考試完畢，晚上演戲。蓓蒂長得文靜，被校方選作演員，將在那齣戲中飾演安琪兒。蓓蒂很緊張，因為她從未有過舞台經驗。我對她說：「這是用不到緊張的。如果校方認為你是適當的人選，你一定可以將那個角色演好。」我又對她說：「在這麼多的女生中，校方選中你來飾演安琪兒，你應該將這件事視作一種光榮。」

14

今天早晨，天還沒有亮，有人將我從睡夢中推醒。我睜開眼來觀看，不由猛發一怔。原來站在牀邊的，竟是蓓蒂。「是你？」我問。她牽牽嘴角，露了一個嫵媚的微笑。縱然如此，我對自己的視覺仍有懷疑。我問：「我不是在做夢？」蓓蒂笑不可仰，然後正正臉色，用清脆的語調說：「你在做夢。」我一骨碌翻身下牀，望望蓓蒂，對這件突如其來的事情完全得不到解釋。「這是男生宿舍，」我問，「你怎麼可以走到這裏來？」蓓蒂並不答覆我的問題，只是用手一指。我順着她的手指望過去，竟發現房內還有兩個女同學——兩個加拿大籍的女同學。我問：「這是怎麼一回事？」蓓蒂咯咯笑了起來。「這是惡作劇，是校方規定的。」她說，「昨天下午，校方已經派人通知我們了，要我們今晨四點起身，然後走來男生宿舍，將你們吵醒。」聽了這樣的解釋，我才恍然大悟。我並不反對這種「惡作劇」，只因事前心理上全無準備，被推醒後，見蓓蒂忽然出現在男生的宿舍，當然不會沒有驚詫。

15

昨天寄出的信，相信你已經收到。今天再寫這封信給你，因為昨夜又有了一個有趣的節目。這個節目是校方安排的，叫做「睡衣食會」。顧名思義，你一定會知道這是怎麼一回事了。在這集會中，所有男女同學必須穿着睡衣進食。我們男同學穿了睡衣參加這種集會，當然不會感到窘迫；但是，女同學參加這種集會的心情怎樣，那就很難講了。單看表面，從香港去的幾個女同學都是羞人答答的，各自低着頭，極力掩飾心情上的狼狽。那些加拿大女同學的態度顯然是很「大方」。尤其是那幾個自以為體態特別美而想出風頭的，居然穿着透明的尼龍睡衣參加。坐在我旁邊的，就是這一位加拿大女同學。她叫約瑟芬，並不漂亮；但是體態極美。她的胸脯發育得很好，不像一個少女。我與她既然坐在一起，少不免談幾句話。

「你從香港來？」「是的。」「聽說香港是購物天堂？」「不錯。香港的物價很低。」「全球任何國家的貨物，香港都有出售？」「都有。」「香港真是一個好地方！」「有機會，可以到香港去觀光一下。」她笑了。她的笑容並不美。隔了五分鐘左右，她又找到另一個話題。「明天V大學有一舞會。」「我也聽說了。」「你打算去參加嗎？」「不一定。」「V大學當局邀請我們全體同學去參加的。」「我不喜歡過分拘泥虛禮的場合。」「現在已經放假了，既有這樣的機會，就該痛痛快快玩一晚。」「我還是不想去。」「如果我陪你去呢？」「你陪我去？」「是的，我陪你去。」我笑，她也笑了。她長得不美；但是她有很好態度。我接受了她的邀約。

16

到溫哥華已有三天。我與另外一個來自香港的同學向別人租一間房，房租五十。今天是聖誕日，未能免俗，先向你說一句：「祝你聖誕快樂！」昨夜是聖誕前夕，我走去找陸蓓蒂，想請她到餐廳去吃一頓豐盛的聖誕餐。出乎意料之外，蓓蒂聽了我的話之後，板着撲克臉，用近似吵架的語氣對我說：「你為甚麼不去找那個加拿大女同學？」我吃了一驚：「你是指約瑟芬？」蓓蒂並不答覆我，只是擺出一面孔不好惹的神氣。我知道她在妒忌了，因此柔聲向她作了這樣的解釋：「這是沒有辦法的事。那天晚上的『睡衣食會』，我與她坐在一起，談幾句話，是免不了的。」蓓蒂嗤鼻哼了一聲：「既然這樣，為甚麼陪她到V大學去參加舞會？」我說：「她邀請我去參加，我不能不接受；否則，她一定會以為我這個人太不懂禮貌了。」蓓蒂說：「你既然這樣懂得禮貌，就該走去請她吃聖誕大餐才對。」聽了蓓蒂的話，我忍不住笑了起來。我將這件事情看得很輕鬆，結果卻刺傷了蓓蒂的感情。她嚴詞拒絕我的邀約；同時還叫我以後不要再去找她。我費盡唇舌向她解釋，可是一點用處也沒有。她再也不肯原諒我了。沒有辦法，只好走去找約瑟芬。但是，約瑟芬到美國去了，要過了新年才回來。

17

一連收到你寄來的兩封信，知道你是怎樣度過聖誕前夕的。我很羨慕你，因為在香港度聖誕節總是一件愉快的事情。我在溫哥華，度了一個寂寞的聖誕節。這幾天，溫哥華的天氣很冷。常常落雪。當我在香港時，總會這樣想：「要是能夠在冰天雪地的所在過日子，該是一件多麼美好的事情！」但是現在，我見到雪就頭痛。理由很簡單，在街上積雪達兩呎厚的日子出去走動，絕對不是一件有趣的事情。昨天想打長途電話給你；但是所有線都已定掉了。打長途電話像看戲那樣要預定，我還是第一次聽到。今晨走去找約瑟芬，她還沒有回來。

18

二十四天的寒假終於結束了。回到學校，收到十幾封信。大部分都是聖誕卡。我對於聖誕卡並不感到興趣。……在校園裏遇見約瑟芬，她用興奮的口氣對我說：「在美國的時候，結識一個名叫湯姆的美國青年。他很愛我。我們已經訂婚了！」

19

還記得陸蓓蒂嗎？這個學期開學後，就沒有見過她。今天下午，在圖書館遇到一個中國學生，談起陸蓓蒂，他說：「蓓蒂轉到東部去讀書了。」我問：「為甚麼？」他露了一個意義深長的微笑，用蚊叫般的聲音說：「她的男朋友在東部！」

（刊於一九七〇年六月六日出版的《快活週刊》第二期）

烤鴨

不久以前，一位美國朋友威廉士先生請我在吉隆坡「大同酒家」進晚餐。席間，我們交換了不少關於東西文化不同點的意見。威廉士先生似乎是一位真正的「東方通」，他對東方的認識，遠較一般祇曉得「日本太太和中國吃」的美國人要深刻得多。他能夠指出馮著的《中國哲學史》並不比胡適之的更高明；也能夠指出《金瓶梅》裏的性愛描寫為甚麼比勞倫史的《查泰萊夫人之情人》更透澈。最後，談到中國的「吃」，他告訴我下面這個故事。

1

二次大戰結束後，有一位名叫古佛烈的美國人，到北平去遊歷。

古佛烈挑選北平作為他的遊歷地的理由有幾點：一、聽別人說，北平的烤鴨是全世界最好的菜餚；二、聽別人說，北平的人情是全世界最厚的；三、聽別人說，北平的人力車和人力車夫是全世界最有名的；四、聽別人說，北平故宮的建築是全世界所有宮殿建築中最雄偉的一種。

根據這四個理由，古佛烈先生於那年冬天從舊金山動程，搭機飛到北平。抵北平時，正值大雪紛飛。

下機後，有專門在機場兜客的旅客僕歐將他帶到東郊民巷的六國飯店。開定房間，卸下行裝，古佛烈先生洗了一個澡，洗完澡，獨坐房內，百無聊賴，望望窗，窗外的雪已停，北平的迷人景色似乎在向他招手，他感到有點肚餓，但不願在旅店裏吃西餐，他急於要嚐一嚐聞名已久的北平烤鴨。

古佛烈先生在北平沒有親戚，也沒有甚麼熟人，他祗有一位姓張的中國朋友，幾年前曾經在密支根大學同過學，勝利後，張曾經寫過一封信給古佛烈，說是現在清華擔任助教，很希望古佛烈能夠抽空到北平去逛逛。現在古佛烈當真到北平來了，目的當然不是單單為了看看老張，而動機倒是由於老張的這封信而觸發的。所以古佛烈在行裝甫卸後立即撥一個電話到清華去找老張，可是學校裏的人告訴他：「張先生已經到郊外去了，明天早晨才可以回校。」古佛烈聽了此話感到萬般失望，但「失望」並未能使他改變預定計劃。他很想嚐一嚐烤鴨。

他吩咐僕歐替他僱一輛人力車，僕歐問他：「到甚麼地方？」他說：「我想吃烤鴨。」於是古佛烈先生坐了人力車吃烤鴨去了。

2

人力車夫將古佛烈載到前門外的「正陽樓」。

古佛烈站在「正陽樓」門口，一種奇異的陌生感使他侷促不安，他堅欲那個人力車夫陪他一起去吃。

人力車夫不一定能夠理會他的意思，但經不起他一再慫恿，也就糊裏糊塗跟了進去。

兩人上樓後，揀了一個角隅的座位坐下。

夥計走來問他們吃甚麼，古佛烈祇是用手比擬了一陣。夥計雖然不懂英語，卻已知道他要吃烤鴨。

十數分鐘後，夥計端了一大盤烤鴨和蒜醬薄餅來。

古佛烈對烤鴨直發楞，心裏暗忖：「這全是一些鴨皮，怎麼可以下口呢？」

他不敢吃；但不吃又不對。因此他對人力車夫又比手劃腳地說了一大通，意思是叫他一個人吃，而且儘管吃，不必客氣。

人力車夫究竟是個粗人，也就毫不客氣地大嚼起來。

不一會，一盤烤鴨吃光了。古佛烈原想付了錢回「六國」去吃西餐，可是往回一想，他認為這全球聞名的烤鴨決不會祇是一些鴨皮的，也許自己叫錯了。於是又費了很大的勁兒對夥計用手比擬了一番，吩咐他再拿一盤烤鴨來。

十數分鐘後，夥計又端了一盤烤鴨來，依舊是一些鴨皮，依舊是蒜醬和薄餅。

古佛烈先生是十分驚詫了。

但是他已餓得發慌。

他拿起筷子，在盤子裏亂掏一陣，終於發現了一塊沾有少些鴨肉的鴨皮，揀起來，送到嘴裏，細細咀嚼，覺得淡而無味。

在這種情形下，他祇可以叫那位人力車夫繼續「努力」。人力車夫雖然已經吃過一大盤，但由於平時不大容易吃到這名貴的好菜，即使吃飽了，也還可以吃。

古佛烈見他吃得津津有味，自己越發覺得肚餓。他隨手拿起一塊薄餅咬了一口，咀嚼一陣後，覺得比鴨皮還要淡而無味。他有點生氣。

過些時，人力車夫又把第二盤烤鴨吃光了。他付了賬，吩咐車夫送他回「六國飯店」。

3

古佛烈坐在人力車上，又餓、又冷，心裏有一種說不出的不自在。這時候已是夜晚十點過後，天甚寒，北風呼呼吹來，路上行人稀少，整個北平好像已睡熟，很靜，祇有兩旁屋簷掛下來的冰條在慘淡的月光下發亮。

人力車夫將車子拉進一條胡同時，輕快的步子忽然變得踉蹌而蹣跚，佝僂着背，右手扶着車桿，左手按在肚上，嘴裏不時發出呻吟聲，古佛烈心裏忖：「會不會病了？」正預備叫他停車休息一陣，他便陡然栽倒在地。

這一下可讓古佛烈吃了一驚，但亦祇是「吃了一驚」而已，雖然身子從車廂翻了出去，然而並沒有受傷。他從地上爬起來，拍去身上的雪片和泥污，看看那車夫，車夫則兩手捧着肚皮在地上祇打滾，臉色蒼白，口吐白沫，模樣萬般痛苦。

車夫毫無疑問地病了，看樣子也許是因為平時少吃油水，剛才一下子在正陽樓吃了兩盤烤鴨，以致過多的油膩使他感到不安，也許是因為剛才吃得太飽了，未加休息，立刻疾步拉車而產生的惡劣後果；也許是因為天氣太寒，冷熱不和使他的身體抵抗力驟然減少……總之，他病了。

古佛烈見到這樣的情形顯然有點慌張了，他想將車夫送進醫院去，卻不知道醫院在那裏，他想找一位路人問個訊或請他幫一下手，可是闃寂的胡同卻找不到一位行人。

於是古佛烈將車夫扶上車廂，自己拾起車槓，拉着車子便奔，奔出胡同，直向大街拉去。

古佛烈並不知道醫院在甚麼地方，祇管拉着車子疾步飛奔，他希望能找到一個路人，或者碰巧拉到了某一所醫院。

北平雖然是世界聞名的大都市，可是由於民風淳厚，居民大都不習慣過夜生活，特別是嚴寒的冬天，大家都懶得出去走動，天一黑，便各自爬上坑牀睡去了。

這位古佛烈先生在長街胡亂地拉了一陣人力車，既肚餓，又焦急，而車上的車夫則呻吟不已，還時時嘔吐起來。

正在這時候，長街的轉角處忽然出現了一個警察。

古佛烈彷彿航海家看到了燈塔，懷着滿腔喜悅直向警察拉去。

警察用詫異的眼光直向他發楞。

古佛烈用英語向他解釋事情經過，並且希望他帶他們去找一間醫院。

警察不知聽懂了他的話沒有，只是一言不發，帶着他們便走。

警察走在前面，古佛烈先生還是拉車，車上的車夫經過了一番嘔吐後似乎已好了些，連呻吟聲也不大聽到了。

走了一陣，古佛烈以為警察帶他們去找醫院，卻不料警察帶他們去的是一間警察分局。

4

古佛烈莫名其妙地走進警察局，心裏直嘀咕，但無論怎樣也猜不出那位警察先生的用意何在。

警察向警長敬過禮後，開始用中國話報告了一陣，古佛烈聽不懂他說些甚麼，自己正待開口解釋時，但那位警長卻不懂英語。

古佛烈的解釋完全無效，於是乎坐在一旁「聽其自然」。

稍過些時，警長聽完了報告後，回身對古佛烈說了一大通中國話。

古佛烈聽不懂。

警長用手指搔搔後腦殼，良久，才迸出這樣兩個生硬的英語：「DOLLAR」。

古佛烈聽懂了這個字，心裏異常不高興，暗暗思忖：「聽別人說，北平的人情是全世界最厚的，可是我為了要送一個病人進醫院，卻還要罰款，這是甚麼人情！這是甚麼法律！」可是法律究竟是法律，儘管他肚裏不自在，但是「款」是非「罰」不可的，於是他從口袋裏掏了一大疊法幣出來，放在警長的寫字桌上，任他去拿，因為古佛烈根本不知道「罰款」的數目是多少。

警長拿去二千塊法幣，（註：勝利後，二千塊法幣僅等於三塊美金左右。）然後將其餘的錢交還給他。

古佛烈以為款已罰過，事情已了結，正欲走出警局時，那位警察卻一手攔住他，意思是叫他再等一下。

古佛烈實在有些沉不住氣了，想不出還有甚麼事情需要他等待，但也終於無可奈何地坐了下來。

一會，警長交給他一紙罰款的收據。

5

第二天中午，老張從「清華」趕到六國飯店來看他。

兩人久別重逢，不免寒暄一番。寒暄過後，老張邀他出去吃烤鴨。

古佛烈一聽吃烤鴨，便開始大發牢騷起來：「烤鴨！烤鴨有甚麼好吃，淡而無味，儘是些鴨皮。」接着，他便將昨夜的事情對老張說了一遍，最後還對北平的種種大表不滿：「聽別人說，北平的烤鴨是全世界最好的菜餚，結果卻是一些鴨皮；聽別人說，北平的人力車夫是全世界最有名的，結果拉不到幾步，卻病倒了，後來，還要我自己權充車夫；聽別人說，北平的人情是全世界最厚的，結果是我幫助一個病人找醫院，他們卻把我拉進警察局，這還不算，那蠻不講理的警長還要罰我的款，你看，這就是警局出給我的罰款收據。」

說罷，古佛烈將罰款收據交給老張看，老張看過後忽然仰天大笑起來，笑得非常天真。

古佛烈問他為何發笑。

老張說：「這那裏是罰款的收據，這是一張拉人力車的執照啊！」

（刊於一九五七年二月出版的《中外畫報》第八期）

霧裏街燈

霧很濃。

野狗嗅探斑馬線上的淒涼，逐大霧以自娛，低吠若有所寄，形成一種生命的律動，凌亂而又靜謐，呈在眼前的種種，已如離奇的夢境。於是大霧在動盪不居中，不停變化。那低牆的下半截，用木板釘個架，專門出售舊西書，此刻已經上舖。攤主是個跛子，因為住處較遠，行路不方便，霧未濃時，就一拐一顛的走回家去，用睡眠補償疲勞。時已深夜過後，感情上的鐵絲網撤離了，很靜，濃霧佔領一切。他坐在西書攤上，所有官覺皆受包圍，充沛的生命力，使理性與感情揉合在一起。他好像在等待甚麼；又好像甚麼都不等待。面前祇有白茫茫的大霧。

霧裏有一盞街燈。

（像獨角獸的眼睛。像初昇的太陽。像古畫上的一滴水漬。像剛剛兜過十億哩而微呈疲態的月亮。像攝影家的黃色鏡頭。像呵口氣在冬日的玻璃上。）

那是一盞霧裏的街燈，正在發霰黃沌沌的光圈，位於對街，恰巧對準酒吧的橫門。每天晚上，他喜歡坐在西書攤上，望着那盞街燈出神。每天晚上，那盞街燈底下總有一個濃妝艷服的女人站在那裏。女人已經相當老了，再也不能用白粉掩蓋額上的皺紋。但是，她是一個女人。因此有翅而被久久囚禁的感情，忽然患了流行性感冒。

「這個女人不會拒絕的，祇要有錢。」他想。

未熟的夢，終於誘出剛過十八的青春秘密。一座滿載狂熱的升降機，從心臟直升喉嚨。人行道上，沒有記憶裏的腳步。背靠木板。用羞怯的眼睛凝視大膽。

霧裏有一盞街燈。

燈下有個老女人。

公仔書裏的狐仙，用閃呀閃的媚眼迷惑窮書生。他看過的。公仔書裏的閻惜姣，放下帳子靜候宋公明。他看過的。公仔書裏的潘金蓮，在王婆家裏與西門慶對酌。他看過的。……那是昨天下午的事，在「修頓球場」擦亮了二十對黃的白的黑的黑白相間的皮鞋。一毫子，租三本褪了色的荒唐，用手指醮些唾沫，一頁又一頁的翻過去，翻過去，翻過去，終於由不可觸摸的驕矜，逐漸化為無所不在的慾火。（於是，一座升降機從心臟滿載狂熱直升喉嚨。）

面前的霧，很濃很濃很濃。

先用狂熱編織慾網，擲過街，不讓勇氣漏出。十塊錢的入場券，祇有一份偽裝的純白。十塊錢，可以揭穿秘密。十塊錢，可以看到從未見過的謎底。十塊錢，世界立即失去神秘。他的手涼了，情緒在發抖。慾念脫下外套，赤裸裸地站在霧中，鼓足勇氣，向道德宣戰。道德尚未豎起白旗，但快樂已在火屋裏舞蹈。

「這個女人是不會生氣的，祇要有錢。」他想。

喜悅如浪潮，滾滾而來；又隱隱退去。自從那一次被公仔書消滅了天真與無邪，心田裏的冰塊，經不起狂熱的照射，遽爾融化。因此養成坐在西書攤上的習慣，看燈，看燈下的老女人，看燈下的老女人發笑。

但是，這個女人不是常常發笑的。

有一次，一個水兵從酒吧走出，行路時，跌跌撞撞。她堆着笑容走去扶他。他站定，舉起醉了的右手，在她消瘦的臉頰上，猛摑一巴掌。她沒有哭。她只是垂着頭，像一朵枯萎的蒲公英。

又有一次，她給另一個水兵踢了一腳，也不哭。

（其實，眼淚等於情感的退色靈，它能抹去心板上的憂鬱。但是，她是一個不會哭泣的女人。對於她，眼淚是奢侈品。）

「這個女人是不會哭泣的，祇要有錢。」他想。

現在，他身上有十七塊錢。走過街，就可以聽到第一句情話。那女人仍舊站在朦朧的街燈下，身形依稀，恰像夢中仙女。酒吧間裏仍在播送唱片，大提琴蓬蓬、蓬的奏出世紀末的情意。四週沒有人，祇有很濃很濃很濃的霧。狂熱又搭乘升降機，從心臟直升喉嚨。……他知道黑夜不會有太陽，但是逗起的瘋狂又因震顫而趦趄。他有了躊躇。癡心重被封鎖，年輕的大膽站在井邊，突萌短見。心撼如非洲森林裏的戰鼓，眼睛裏的饑餓開始與魔鬼談判聯盟。長街極靜，靜得如同無垠的大沙漠。那隻嗅探斑馬線的野狗也不見了，祇有霧，祇有霧裏的街燈，祇有街燈底下的老女人。

「這個女人是不會拒絕的。」他想。

「這個女人是不會生氣的。」他想。

「這個女人是不會哭泣的。」他想。

想着，想着，想起了昨夜的夢。他夢見自己坐在舊西書攤上，背靠牆壁，面前是濃得無法化開的霧。霧裏有盞街燈，燈下有個女人。那個女人被水兵摑了一巴掌；但是沒有哭。他從書架上跳到人行道，雙手插在衣袋裏，吹着口哨，慢吞吞的踏過斑馬線，突破霧的包圍。那個女人見到他；他也見到那個女人。在朦朧的街燈下，脂粉依舊不能掩飾她的蒼老。但是，她是一個女人。說話時，聲音很甜：「為甚麼老是對我笑，不說話？」他想說話，喉嚨已被給甚麼東西塞住，臉孔脹得通紅，心似十五隻吊桶。女人笑了，鼻子皺在一起，隔了半晌，才問：「你有十塊錢嗎？」他點點頭。於是世界開始旋轉不已，交織而成七彩相雜的幻畫。一切都若陌生，又極其荒唐。

……夢醒時，靈魂也呈露疲倦。整整一天，他神不守舍地想着夢裏情境。許多幻想和聯想，使他陷於不可思議的複雜中。他知道自己已經十八歲。

今天下午，他又看了幾本公仔書。從夢境裏擷來的印象，加上迷濛意識，再與現實處境混在一起，所得的種種，皆混淆難分。然後，下午消失。然後，夜色似魔鬼的翅膀。然後，煙雨濛濛。

然後，雨停了，氣候極度潮濕。站在街邊，翹首眺望山頂，所有小盒子一般的房屋全部不見，祇有霧與黃色的霧燈。他在大牌檔吃一碗魚蛋粉，到麻雀館消磨了三個鐘點。夜漸深，心仍煩亂，百無聊賴地走到西書攤，沒有別的意思，祇想隔一條街眺望那個老女人。

他沒有勇氣踏過斑馬線。

但是狂熱搭乘升降機，由心臟直升喉嚨。

他從西書攤的木架跳下，挪步走上斑馬線。那街燈的光圈，忽然鑲了金黃的邊。霧，包圍着他，有一種奇異的分量壓在他的好奇上。好奇像朵花，在春霧的浸潤中，逐漸開放。他在盤算第一句應該說些甚麼：「跟我走」或者「我有十塊錢」。但是腳步重甸甸的，斑馬線特別長。霧燈的光圈越來越大，越來越大。……他看清了街燈。他看清了燈桿。他看清了燈桿旁邊站着的不是那個女人。

而是一個郵政信筒。

（刊於一九六一年三月出版的《中外畫報》第五十七期）

迷樓

侍臣問：皇上還沒有醒？

御車夫答：皇上還沒有醒。

那耿耿的銀河也被拂曉吞了去。是三枝爇禁香的慵懶的煙靄，裊裊地，遊舞在輕輕款款的微風裏。秋已深，秋天和秋天的感覺久久地冷落着這禁宮的御園，左掖的宮牆上，時時有二三片棗紅色的楓葉搖落下來。……淺紫的輦道上佇着一輛鑾輿，肥胖的御車夫在細心地整頓玉珂。

兩名持着撣帚的侍臣互相打了疲憊的呵欠。

黯色的天穹裏，北斗星如像一柄杓子般的掛在金闕的龍角下。襯在宮殿後面的是一列濃沈的山砬曲，黝暗的天地啊！殘星點點處，忽然橫過一群塞外的雁陣。

（皇上還沒有醒？）

小黃門在楊梅樹裏調戲宮婢，隔吱的笑聲彷彿蟲語一般輕佻。

（皇上還沒有醒。）

仙人掌捧着承露水的赤玉芙蓉盤，靜靜的水面上，有旌旗的影子搖動。晨風裊裊拂過，一縷又一縷地。

斷斷續續的胡笳聲隨着斷斷續續的風絲吹來，悠揚地飄在寢殿的四隅。

銅壺裏的水滴快要漏完了。……

金馬門的金鑰響了。

玉色的殿階上，兩個宮娥撩起裙角婀婀娜娜地走上迷樓。她倆輕輕掀開翠幌，向寶帳內部張望一下，立即遑遽地放手。彼此吃吃一笑，便各自泛起一陣紅暈。

蒲擇國進貢的蔽日簾還掩着。

第一個宮娥輕輕地說：「你不曾看見她的——（耳語）？」

第二個宮娥更輕輕地說：「還有『他』的。」

破曉了。

四個宮娥擎着日月扇走來。戴着紅絳幘的雞人，開始在門外學了第一遍的雞啼。衛士們便打了報告天明的更籌。

尚衣把閶闔推開，踮起腳跟，捧着冕旒和袞龍，一顛一蹶地從輦道上走來。東方已微白，廊檐上的乳雀們，接着就更熱鬧地唧噪起來。

玉欄朱楯間，忙碌着十來個宮娥。

她們都已佩着司宮吏分派的蛾綠螺子，紅短衫緊裹着她們的小擷臂。綠色的帛子拂捉弄着香煙，來來往往，抹指，敷粉，畫着吳絳仙的長蛾眉，迎風讓她們單羅衣如同旌旗一般的飄舞，撲撲作響。

（散春愁裏昨夜又有過一番熱鬧。）

散春愁裏昨夜又有過一番熱鬧：中使許廷輔曾經到後宮領了二十個後宮女，來替煬帝按摩，煬帝這幾天恰巧舊病復發，是應付不了這大熱鬧的場合的。起先他依照着醫丞莫君錫的叮囑，表示要戒酒，但是終於喝醉了，喝得那樣多，又吃得那樣多，整整十銀盤的鵝子鴨卵，荷鯉槎肫，熊腥豹胎，柄棗丹橘，葡桃石榴，幾乎吃了十之三四。這些後宮女是難得親寢的，都抓着這個機會企圖獲得煬帝的垂愛。有的羅衣熠耀，有的甚至赤裸着胴體，擠眼斜眉地來給煬帝施殷勤，煬帝不一定是個愚蠢而蒙昧的人物，但經不起幾十個美女的挑逗，便被擁到鑄烏銅扉裏去了。這座銅扉是上官時從外國買來的，由八面擦亮的銅鏡包圍着，只要有一個裸體的宮娥在跳舞，就會有八個影子隨着作同樣的動作。但昨夜卻有二十個後宮女在侍寢。煬帝本來就有點神志不清，加之又多吃喝了一點，不久，也就昏炫了過去，迷樓的四隅，徹宵地奏着琴、瑟、笙、篁、柷敔。這是一連串瘋狂的旋律。煬帝的煩躁，最後只能從暈厥中求取安寧。近侍高皇和造任意車的何稠就以煬帝的暈厥來證明煬帝的病必須用女色來治療。中使許廷輔隨即背着蕭妃，偷偷地把宮婢羅羅接來。疲乏的煬帝又被推醒了，在昏蒙的狀態下又吞下兩顆被算作「大丹」的春藥：煬帝笑了，煬帝歇斯底里地笑了，他一手把羅羅拉倒在御榻上。……

現在煬帝醒來了。首先他聽到的是兩隻燕子呢呢喃喃地橫在樑上私語。二十一個醉了的裸體宮女，橫七豎八地倒在波斯國的毛氈上。將滅的銀燭，將羅羅的紅頰映得更紅了。煬帝把半個面龐壓在彩幔上，一隻包着檳榔豆蔻子和蘇合綠沉香的香囊，恰巧掛在他的面前，第一次，他覺得了香料的可厭。當他一看到那幾幅醜惡的「士女會合畫」，他的頭就像被撻了一拳般的刺痛。滿帳洋溢着氤氳的煙霧；那些炫目的屏風，錦繡的幃帳，以及那幾顆熠晃的珠翠，使他感受了最難過的窒息。他的腳邊，被置着一隻金爐，爐上雕着蛟龍鸞龜，每頭牲口的嘴裏都吐出香煙來……。御樽滿地都是，一股濃辛辛的酒腥，直向他的鼻孔撲來。他一連打了三個噴嚏，當即挪開蛩駝氈和鴛鴦被，一軲轆翻身下來，宮娥們就從尚衣手中取過袞衣為他披上。

煬帝走出寶帳，把手撐在玉欄上，貪婪地呼吸新空氣。

所有雲母窗都暢開了。琉璃瓦下，幾十個宮娥又循例地蜂擁在遊廊裏。

今天的煬帝，懷着和往日不同的心理。他討厭她們的阿諛；更討厭她們蓊鬱底芬芳。

煬帝楞着一對在太穹中不住劃着圈子的白頭鶲。

高昌跑來向煬帝請了早安，說：「萬歲爺吹不得風，還是上寶帳去憩一回吧！」

「朕沒有病。」煬帝憤懟地把袖管一拂。

忽然迷樓上起了一陣騷亂，一個宮娥遑遽地奔來跪在煬帝面前直嚷：「萬歲爺，不好了！」

「甚麼事值得這樣驚惶？」

「侯夫人，」她支吾着說：「自盡了。」

「誰？」煬帝問。

「就是後宮女侯夫人。」

煬帝當即跟着殿腳女走去，果然在靠近「醉忘歸」與「夜酣香」兩寶帳間的遊廊裏，發現一個後宮女吊死在楝樑上，她穿着一襲綺羅衣，繡着麒麟兒的錦袖，頭戴白玉釵，腳登綠線鞋，以一根鸚鵡子的裙腰勒着自己的粉頸。

高昌從死者掛在胸前的錦囊裏取出一紙香箋來，他跪着呈給煬帝觀看。紙面上用朱筆拉拉歪歪地寫着十二個字：

「宰我夫，奸我身，雖作鬼，猶不甘。」

煬帝不覺一怔，趕快搶過香箋，重複遞給高昌看。

高昌是一個刁滑的傢伙，當他看過了香箋，知道煬帝處境的窘，當即杜撰了一首詩，混淆過去。他唱道：「初入承明日，深深報未央。長門七八載，無復見君王。秋寒入骨清，獨臥愁空房，颯履步庭下，幽懷空感傷。」

最後，他還加了一句說明：「侯夫人因不能進御而自縊。」

（原載一九四七年《巨型》）

（刊於上海書店出版社出版的《迷樓》）

北京城的最後一章

1

袁世凱戴着冕旒，身穿山龍火藻服章，坐在大典籌備處以四十萬定造的寶座上，兀自歇斯底里地猥笑起來。那是一串粗而且野的聲音，彷彿頑皮的貓在深夜裏撞碎了幾隻瓷瓶似的。半個時辰以前，他曾經因為唐繼堯成立都督府的通電，發過一陣脾氣，此刻，驀地站了起來，痀弓着背，把右手往檀木椅上一按，然後讓他的手指在嵌着鑽石的五爪龍身上，有意無意地擊出一番頗有節奏的音響來。楊度、梁士詒他們已被叱退，只有于夫人差來的兩個嬪女，還是像往日一樣，端了一碗「地榆根煎古玉」，一碗「豕腹炖金葉」，賽如兩支宮燭般的跪在面前。第三次更梆已經響過，建極殿的宮燈，將它底黃橙橙的光芒射在袁世凱粗糙而又略帶一點臃腫的臉上。乍看起來：好比戲班子裏的優伶才抹了第一層的油彩。他的嘴緊抿着，兩撇韋廉鬚，正因為他的心悸病的復發，開始微微抖動。這時候，一個公府的執役踉蹌地趕來，說得一口流利的北京土話，報告念佛堂終於建醮的事。——關於這一點，袁世凱曾經幾次三番的向于夫人表示過反對，認為召集喇嘛用佛法咒促唐繼堯的死期是最愚蠢不過的。袁世凱於是憤恚地跨出殿來，他是那樣地怨懟，那樣地急遽；甚至把克定親手端來的「牝雞煨參汁」也潑翻在遊廊裏了。

2

袁世凱走路向來有點躡手躡腳，據一般人的意思：是因為年輕時多吃鱔魚的緣故，其實倒是與那一次墜馬有關。現在他的步子搬得非常零亂，一如他的心緒。他不得不佇立下來以換取一個喘息的機會；他屹立着，讓峻峭的蒙古風砂忽着平天冠的珠子。北京城的爆竹聲已經跟蹤着夜之更深而漸次稀落。所謂洪憲元年的元旦在一連串不自然的人事上溜跑了，留下想登極而未能登極的「皇帝」。孤煢煢地，徜徉在內疚的回憶裏。還在小站練兵的時候，袁世凱早已存下這份心思。以後的出賣光緒，串通小得張，使段祺瑞要挾隆裕，利用民黨以恫嚇孤兒寡婦；在在都表示着他的「雄圖」。如今只因為西南方面的這一點點反響，竟爾使他的大典延期；使他趑趄在承運殿的門口。豈不是一件太意外的事情。為此他直覺地感到身上的那襲龍袍，難免不帶一點挖苦的意思了。晝間，當他接見黎副總統的時候，他曾經有過那樣可笑的窘態，使得張老頭子為着他的總統禮服捧着肚皮笑將出去。

3

說起來真個反對帝制的倒也不多；前天不是連八大胡同的婊子們都由小阿鳳領銜着勸進過

了。除了四弟逑之在琉璃廠刊印家書，發了一陣孩子氣以外，其餘的能有幾個不為了錢在打算呢？那個湖南佬可不就向湯薌銘要了二十萬。袁世凱自言自語地說：「二十萬，賣我三個字，代價不可謂不巨，假如個個如此，我就搜羅全國，也不敷他們的要求咧。話又得說回來了，雖然二十萬，但他可把中華民國也都簽押給我了。以二十萬落一個子孫萬世之業，也算不得貴；再說錢又何嘗是我的私囊裏拿出的，還不是他們老百姓的。」想到這裏，他意識到中國老百姓的愚蠢，竟爾像聰明人讓呆笨的上了他的當似的得意起來。他開始譏笑了，強烈地譏笑了。他還對那面在風砂裏如同蝴蝶翼子一般飄忽着的洪憲旗幟愣了一會。（那是一面嶄新的十之七八出自袁世凱心裁的旗幟；長方形的，由一個紅十字，作四幅，左上角是黃色，下角藍色；右上角黑色，下角白色，面長與面闊恰好成七與五的比例。）袁世凱繼爾從這面旗幟上聯想到那個三歲皇帝：「最沒有頭腦的要算湖南裘治平與四川宋育仁了，小溥儀這小子竟還叫他幹，那麼辛亥年我也不白操心思了。」他拈了拈韋廉鬚，又獨語道：「但又有甚麼人真心擁護帝制的呢？劉師培、楊度、嚴復這些偽君子固然不必說；即是撰作《君主與共和的利弊》的總統府顧問古德諾先生又何嘗不是湊湊熱鬧的。既然帝制好，那麼美利堅自開國以來為恁就沒有一位真命天子；美國既然沒有皇帝的種，我袁世凱又何嘗有過呢？」說着，那位梳着流行的橫愛司頭的高麗姨太太花子給袁世凱送上海的《亞細亞報》來了；乘便還向他報告了幾句關於教育總長湯化龍辭職離京以後的消息。袁世凱聽了，便憤恚地吐了一口唾沫，還不經意地罵了三句「標掌的」。這位被喚作花子的女人，本是朝鮮花煙巷的婊子，乖靈而又善於阿諛，見是袁世凱惱怒了，立即借娘娘們邀伊鬥撲克為口實，辭退而去。伊在臨走的時候，還第一次跪在地上嬌聲嗔氣地道過一聲萬歲爺。

4

已是子夜時分。全北京城的每一角落裏隨時還有九龍和月炮飛舞起來。內廷太和殿的（曾經由內務總長朱啟鈐主張漆了一層朱紅的）玻璃瓦上，就不時反映出一片乍明乍暗的光芒，燦爛地熠耀在黝穹裏。偉大的故宮，經過一番修飾之後，如像一個給客人們瞧得非常靦腆而始終緊抿着嘴唇的新嫁娘一般，又靜穆，又端莊，又逗人喜愛。而在這靜穆的，端莊的，逗人喜愛的故宮裏，袁世凱的心是被愧疚在拷問着了。梁啟超的《異哉所謂國體問題者》所給予他的不安是最大的。但最後他又像往日一樣用天意來證明帝制的可靠了。他開始從冬至祭祖時盤踞在神龕裏的赤龍，想到新華宮（即前總統府）李淳風手書的碑碣；從碑碣想到了那次炸彈案；從炸彈案竟又聯想到了帝制。他因此俯下身來，用兩枚手指將真金織的龍袍一撩，歡忻地，踩起近乎跳躍的步子。把燈的禁衛軍隨即將他引進了太和殿。

5

當禁衛軍把格子窗搖上的時候，這萬王登基的中國古殿，立刻像一個貪睡的傭僕被他的主人從甜夢中推醒過來一般，驚惶得不知所措。幾盞輝煌眩目的宮燈把四圍黃緞繡龍的殿簾，映得如火如荼；連那些舊式的，用土紙糊裱的門窗，都已由辦事員長改用西式，鑲嵌玻璃了。幾條大柱上的雕龍未必一定如傳說所稱睜開眼睛來了；但至少也是神氣活現的。袁世凱懷着一種僥幸的心理坐在那黃緞墊披的御座上，十分舒泰地，讓一堵龍屏點綴在背後。兩尊金釋迦佛陪襯在兩旁，一隻銅製的三腳鼎彝則供在面前。大半的鋪陳都已恢復了清代的原製；甚至連品級山也已經從西龍門的石庫裏移回應用了。

6

第四次的更梆在後宮中突然敲破了沉寂。但敲破袁世凱的遐想的，卻是那位草擬《共和政體不適用於今茲時代之命令》的阮忠樞。這是一個留着很多鬍髭的，瘦小而受不起驚嚇的讀書人。當他進來的時候，他是那樣的惶遽，甚至連說話都必須要羼雜着喘息。他的長長的，永遠藏滿着齷齪的指甲間，還抖巍巍地夾有幾紙電報。據說劉顯世在二十七日宣佈獨立後，任戴戡為第一軍右翼總司令，已經由貴陽出發，取道遵義，突入四川了。起先，或多或少，袁世凱還有點慌張的樣子；過後他忽然大聲詈罵起來，詈罵阮鬍子不該放棄了睡覺來報告這些個小事。依他的意思；唐，任，蔡，李不過是幾個邊陲僻鄉的愚蠢人物，是缺少了常識的。各省各市的勸進書以及一千九百九十三名國民代表的決議不能不算是一種民意的表示（？），再說曹錕的第三師，張敬堯的第七師都已分別從岳州和京漢路出發了。阮忠樞究竟是個讀書人；究竟（如袁世凱所說）；因為多讀了些書本變得不懂世故了。後者也因此意識到自己的或者是可笑的舉動，遂以更可笑的姿態退了出去。太和殿的正門經他一開，立即有一股清晨的空氣侵襲進來，袁世凱以一個疲憊的身體而吸到這新鮮的空氣，不由得縱起身子，跨着迂闊的步伐，走向三層四十一級的白石基上。他開始眺望着前面的承運門以及剛經修飾過的宏儀閣與體仁閣。

7

段娘娘（芝貴換取右翼軍提調的禮物）帶着兩個嬪女婀婀娜娜地走來了，以一半阿諛一半畏葸的口吻催促袁世凱去就寢。袁世凱正在把玩那些銅龍銅鶴，僅僅對她略帶幾分憎意地瞪了一眼。女人們對於袁世凱向來是不敢多嘴的，尤其透露不得違背的意思，每天晚上：當伊們從禁衛軍手裏接過寫着自己芳名的竹籌的時候，即使有了感冒的，也必須要塗脂抹粉，穿着最濃艷的，或者是袁世凱最歡喜的服飾去上房侍寢。袁世凱對於妻妾們以及傭僕們的毒辣的手段是著名的。五妾紅紅的慘死，使每一個公府裏的底下人不敢隨時或者忘記一刻的。段娘娘見袁世凱既然不理自己，也就道了聲萬歲爺走了。而袁世凱也的確已經感到疲倦，不禁提手背來掩蓋自己的嘴巴，打了一個呵欠，還伸了一個懶腰。

8

在一道通達寢殿的廊廡裏，因為腳疾的關係，袁世凱曾經有過一回休息的時間，在一盞劈劈撲撲噴濺着燈芯的宮燈下，他看見了梁士詒送的一幅紅底黑字的賀表：堂堂古國開基大秦天竺之先，浩浩皇恩致承夏禹周文之上。

對於這位富裕的，用皮裘裹着牆壁以抵禦北京的寒流的紳士的賀表，袁世凱感到的，似乎不是安慰，倒是它的過分阿諛的措辭所引起的難堪。人們很少知道袁世凱為着帝制也曾經責備過自己的。在這種場合裏，他就會暫時忘記了他的（坐着北京第一輛西洋玻璃車的）兒子，而開始埋怨着，靦腆着；繼而像一個江湖大盜在臨刑前夕的反省着。他因此想起了昨夜的夢：在那個蹊蹺的夢裏，慈禧與隆裕用最嚴峻的話語叱罵了他，說他不該用奸詐的手段來奪取孤兒寡婦的天下。袁世凱不服，硬說這是民意，結果僅僅為了這麼簡單的一句，卻遭受了最大的侮辱——鞭撻。接着他醒來了，疲乏得如像一隻落下水塘的狗。他的手，以一個偶然的機會，接觸到一疊從豐澤園臨時軍務處送來的電報。楊度，克定，阮鬍子，梁士詒以及幾個禁衛軍已經高低不齊地，站在牀邊沿，每一隻緊繃着的臉膛上，都畫滿了辛勞的皺紋。「難道我又病了嗎？」袁世凱問着自己。然後揀起電報來一紙復一紙地瀏覽着：

「滇軍取道昭通偷窺敘州。」

「瀘州告急。」

「張子貞劉祖武通電拒絕所任雲南軍務及巡按使。」

「四川師長劉存厚通電擁護起義。」

袁世凱不曾將這一疊不順利的消息讀完，就猛的縱了起來，讓他的底下受到一次意外的驚嚇。他隨手將那一堆電報往背後一丟：它們便像秋日的落葉一般散了一地。可是大內總指揮處的辦事員還是絡繹不絕地把消息遞進來，那紙關於廣西將軍陸榮庭響應起義的電訊，曾經使袁世凱憤怒到把飯碗都摔在地上的地步。

9

良知上的譴責所給予袁世凱的刺激有更甚於西南方面的「叛變」。他開始變得那樣沉默，那樣頹唐，幾乎令人難於置信這位連正視現實的膽量都沒有的人，就是操縱着四萬五千萬中國老百姓的命運的袁世凱。一日來，他不曾說過一句使人高興的話語；也不曾透露過半絲笑意（除了那幾聲因憤怒而發出的笑以外）。縱然熱鬧的戲劇還是一齣齣地在他面前搬演：洪憲總預算的被提到參政院去公佈；教育部提出修改書籍俾與國體相宜案；交通部提出印行開國紀念郵票案……但是袁世凱因此興奮了沒有？沒有。相反地，他為這些帶點滑稽性的進展憂慮着，憂慮帝制的不真實；憂慮自己將成六君子的傀儡。尤其是在丁字街的炸彈案發生之後，袁世凱便知道自己總有被中國老百姓打倒的一天。他深信只有偉大的孫逸仙先生才是真正的國民領袖，而惟有勞苦的孫逸仙先生才能獲得人民的擁戴。如今孫先生雖然國外去了，但是中國的人民大眾卻還是忘不了他們以往所受到的痛苦。北京城裏有的是民黨的鬥士，隨時都能夠使他重演到英使館去避難的喜劇，而再度遭受到英國公使朱爾典的揶揄。袁世凱終於喟嘆了。

10

回到寢殿的時候，袁世凱便像一座傾圮的房屋一般塌倒在牀上。他本能地闔着眼睛讓卍紋窗的修長的影子壓了他一身。

11

兩支錫燭台上，燃着金字底的祝福燭，強烈的膻味就發散在四周。整個寢殿的陳設，全部反映在袁世凱的價值六十萬元的御寶上。這五顆金色御寶掛在他的胸前已經整整有一天了，灰塵和指紋是有的；但屋角的長几以及架在長几上的盆景，還能相當清晰地印在寶面上。一幅明太祖的畫像，被取了出來掛在面對牀頭的那方棗紅色的宮牆上。這位古中國皇帝的臉相為祝福燭的光芒映得有點灰塵了。卍紋窗底下，安置着一隻半中半西的寫字枱，一大疊拆閱過的信札或公文，雜亂地鋪在上面。檀木椅為黃緞包裹着，兩隻龍墊非常適合地放在凳上。空氣沉寂得和牢獄門口一般，只有那幾塊用透明的外國紗製的窗簾巾在微風中飄起落下。……

12

僅僅做了半個噩夢，就被夢中可畏葸的遭遇所驚醒。他覺得異常疲憊，他的眼皮，重甸甸地不容易張開來。最初，出現在他面前的是漆黑一團；繼而又像一盞舊式的煤氣燈似的，漸次明亮了。那是一個五官十分端正的軍官，戎裝打扮，威武地坐在他的檀木椅上。他不禁詫異起來，因詫異而感到畏懼。

他問：「誰？」

「我。」那人用沉重的語調答稱。

「你是誰？」

「第六鎮統制。」

袁世凱思索了一回，開始向他仔細打量一下。然後略帶一點驚愕的語氣，獨白道：「吳祿貞。」

「但他已經死去了，」袁世凱驀然歇斯底里地吼起來。他顯然已經記起。那一件不名譽的事情：他曾經指使過馬龍標，在正太車站石家莊行營將吳祿貞暗殺了的。

所以他又說：「你為甚麼要勾結山西軍？」

「要挹你在武昌的獸行。」

袁世凱不願意同他爭辯已經過去了的事情，他說：「反正你是已經死了。」

「死！」那人忽然站了起來，說道：「不過是我的肉體。」

「肉體？」

「我的靈魂卻沒有死。」

「恕我不懂。」

「告訴你，」那人用手指點點袁世凱的鼻尖：「我是一個死了肉體的人，而你卻是一個死了靈魂的人。」

「胡說！」

「可不是嗎？你做了一個中國人，卻並不愛中國。」

袁世凱大聲反抗道：「我幫助過中國老百姓從遜清手裏奪回他們的祖國的。」

「但是，」那人說：「你又想從中國老百姓手裏奪取他們的祖國了。」

「你是指這一次更變國體的事？」

「還有比這更罪惡的嗎？」

「那是，」袁世凱說：「人民的意志。」

「那不是人民的意志。」

「你有證據？」

「中國老百姓將起來反抗你的，可恥的行為。」

「但是他們沒有武力。」袁世凱說。

那人說：「他們有的是四萬萬五千萬顆愛國的心。」

「心？」

袁世凱竟爾大聲地癡笑起來，彷彿有幾撮苦痛的火焰在他的內心熏灼着似的。兩個禁衛軍惶遽地進來了，袁世凱就暴躁地問：「楊度在哪裏？他們都到哪裏去了？」

13

半小時以後，楊度、梁士詒、阮忠樞、段芝貴一批人都陸續地到上房來請安了。

袁世凱用着喑啞的聲調問：「唐繼堯究竟有多少兵力？」

楊度隨即陪着始終是那樣阿諛的笑臉嘮嘮叨叨地報告道：「滇軍原有軍隊兩師一旅，另有警備隊四十營，滇人當兵而退伍者不少四五萬人。所謂軍政府成立後，便開始增招士兵，今已合成七個師，分為兩軍，蔡鍔為第一軍軍長，李烈鈞為第二軍軍長。」

「不過如此而已。」袁世凱問。

「不過如此而已。」

「那麼，」他說：「即刻飭第八師師長李長泰由京出發，並令川省當局扼守敘州；湘軍進軍貴陽。」

「是。」

「回來！」袁世凱又吩咐道：「此外令桂贛皖鄂蘇浙等省，準備軍實，候令出發。」

「是。」楊度正轉身預備到臨時軍務處去傳令，冷不防與匆匆趕來的袁克定對面撞一下了。

「克定，你來幹甚。」袁世凱問。

「報告大人，剛接到前方電訊：蔡鍔軍經黔出擊，威寧畢節吾軍敗退，現在搶守瀘州中。」

「甚麼？」袁世凱情急，一把抓住了克定的手肘。

克定漲紅着臉說：「威寧畢節方面吾軍被蔡鍔擊敗了。」

14

袁世凱頹廢地垂下頭來，單單舉起他的抽搐的手微微一揮，意思要楊度他們離開寢殿。再一次，他又倒在牀上。

冬日的太陽起身比較遲，祝福燭已經燃完，只有一縷清煙，還裊裊地遊在空中。破曉了，上房反而比剛才更黝暗了；如像受了過度刺激的袁世凱反而容易入夢的情形一樣。他又闔上眼睛；但立刻又被一串嘹亮的笑聲所驚醒。

「又是你？」袁世凱有氣無力地說。

「是不是，中國老百姓終於站起來反抗你了。」

「你就不能放鬆我一下嗎？」

「但你未嘗放鬆過中國老百姓。」

「老百姓？」袁世凱嗤笑了一下：「不過是一大群愚蠢的動物罷了。」

那人說：「愚蠢的倒是你袁世凱。」

「可是袁世凱將是中國的主人。」

「中國，」那人說：「是中國人民的中國。」

袁世凱怒吼了，他抓住一隻茶杯向那人身上擲去。兩個禁衛軍立刻攜着槍械，雄赳赳的奪門而入，結果，給袁世凱一連罵了好幾句蠢貨，才恢復了他們十分有樣式的立正姿勢。

15

金色的太陽不知從甚麼時候起已經高高地掛在青穹裏。疲憊的袁世凱像一個剛從牢獄裏釋放出來的囚犯一般，對着強烈的光芒，無法睜開他的眼睛來正視這個世界。

（原載一九四七年《生活》六月刊）

（刊於上海書店出版社出版的《迷樓》）

劉以鬯作品年表

一九四八年　《失去的愛情》（中篇小說，上海桐業書屋）
一九五一年　《天堂與地獄》（短篇小說集，香港海濱書屋）
一九五二年　《第二春》（中篇小說，香港桐業書屋）
一九五二年　《龍女》（中篇小說，新加坡桐業書屋）
一九五二年　《雪晴》（中篇小說，新加坡桐業書屋）
一九五七年　《星加坡故事》（中篇小說集，香港鼎足出版社）
一九五八年　《夢街》（中篇小說，香港海濱圖書公司）
一九五九年　《私戀》（中篇小說，香港南天書業公司）
一九五九年　《天堂一角》（中篇小說，香港南天書業公司）
一九五九年　《演戲的人》（中篇小說，香港明德圖書公司）
一九六三年　《酒徒》（長篇小說，香港海濱圖書公司）
一九六四年　《圍牆》（長篇小說，香港海濱圖書公司）

一九七七年　《寺內》（中、短篇小說集，台灣幼獅文化事業公司）

一九七七年　《端木蕻良論》（文學評論集，香港世界出版社）

一九七九年　《陶瓷》（長篇小說，香港文學研究社）

一九八零年　《劉以鬯選集》（小說、散文、評論合集，香港文學研究社）

一九八一年　《天堂與地獄》（中、短篇小說集，廣州花城出版社）

一九八二年　《看樹看林》（文學評論集，香港書畫屋圖書公司）

一九八四年　《一九九七》（中、短篇小說集，台灣遠景出版公司）

一九八五年　《春雨》（中、短篇小說集，香港華漢文化事業公司）

一九八五年　《短綆集》（文學評論集，北京中國友誼出版公司）

一九九一年　《劉以鬯卷》（小說、詩、散文、評論合集，香港三聯書店）

一九九三年　《島與半島》（長篇小說，香港獲益出版事業有限公司）

一九九四年　《黑色裏的白色　白色裏的黑色》（中、短篇小說集，獲益出版事業有限公司）

一九九四年九月　《劉以鬯實驗小說》（小說集，北京人民大學出版社）

一九九五年　《蟑螂》（英譯本）（中、短篇小說集，香港中文大學翻譯中心）

一九九五年五月　《他有一把鋒利的小刀》（長篇小說，獲益出版事業有限公司）

一九九五年十二月　《劉以鬯中篇小說選》（中篇小說集，香港作家出版社）

一九九七年八月　《見蝦集》（散文集，遼寧教育出版社）

一九九八年十月　《龍鬚糖與熱蔗》（小說、隨筆合集，北京新世紀出版社）

二零零零年七月　《酒徒》（長篇小說，北京解放軍文藝出版社）

二零零零年十二月　《對倒》（長、短篇小說集，獲益出版事業有限公司）

二零零一年二月　《對倒》（長、短篇小說集，北京作家出版社）

二零零一年四月　《打錯了》（微型小說集，獲益出版事業有限公司）

二零零一年五月　《劉以鬯小說自選集》（中、短篇小說集，天津百花文藝出版社）

二零零一年九月　《不是詩的詩》（小說、散文、劇本、評論合集，獲益出版事業有限公司）

二零零一年十二月　《過去的日子》（中、短篇小說集，上海百家出版社）

二零零二年六月　《暢談香港文學》（評論、隨筆合集，獲益出版事業有限公司）

二零零三年　《多雲有雨》（短篇小說集，香港三聯書店（香港）有限公司）

二零零三年四月　《對倒》（法譯本）（長篇小說，法國 Editions Philippe Picquier）

二零零三年六月　《他的夢和他的夢》（散文集，明報月刊・明報出版社）

二零零三年　《酒徒》（長篇小說，獲益出版事業有限公司）

二零零五年　《模型・郵票・陶瓷》（中、短篇小說集，獲益出版事業有限公司）

二零零五年　《異地・異景・異情》（短篇小說集，香港文滙出版社有限公司）

二零零七年　《舊文新編》（雜文集，香港天地圖書有限公司）
二零零七年　《天堂與地獄》（短篇小說集，獲益出版事業有限公司）
二零零九年　《劉以鬯小說集》（長、中、短篇小說集，香港明報月刊、新加坡青年書屋）
二零一零年　《甘榜》（短篇小說集，獲益出版事業有限公司）

譯文

一九七四年　《人間樂園》（喬也斯・卡洛兒・奧茨原著，香港今日世界出版社）
一九八零年　《娃娃谷》（積琦蓮・蘇珊原著，香港青島出版社）
一九八二年　《莊園》（以撒・辛格原著，台灣遠景出版公司）

【註】此年表一部分資料由劉先生夫人羅佩雲女士提供，並進行了修訂。謹此我們表示萬分謝意。

——編者